Alessandro Baricco

Seide

Alessandro Baricco

SEIDE

Roman

Aus dem Italienischen von
Karin Krieger

Piper
München Zürich

Die Originalausgabe erschien 1996 unter dem Titel »Seta«
bei Rizzoli (R.C.S. Libri & Grandi Opere S.p.A.)
in Mailand.

ISBN 3-492-04076-4
Sonderausgabe 1998

Gesetzt aus der Garamond-Antiqua
Satz: Uhl + Massopust, Aalen
Druck und Bindung: Clausen & Bosse, Leck
Printed in Germany

I

Obgleich sein Vater eine glänzende Militärlaufbahn für ihn ins Auge gefaßt hatte, bestritt Hervé Joncour seinen Lebensunterhalt schließlich mit einem ungewöhnlichen Beruf, dem ironischerweise zudem ein so liebenswerter Zug anhaftete, daß er eine unbestimmte *weibliche* Färbung verriet.

Für seinen Lebensunterhalt kaufte und verkaufte Hervé Joncour Seidenraupen.

Es war das Jahr 1861. Flaubert schrieb gerade *Salammbô*, das elektrische Licht war noch graue Theorie, und Abraham Lincoln führte jenseits des Ozeans einen Krieg, dessen Ende er nie erleben sollte.

Hervé Joncour war zweiunddreißig Jahre alt.

Er kaufte und verkaufte.

Seidenraupen.

2

Genaugenommen kaufte und verkaufte Hervé Joncour die Raupen, solange sich ihr Raupendasein darauf beschränkte, aus winzigen Eiern von gelber oder grauer Farbe zu bestehen, reglos und dem Anschein nach tot. Man konnte Tausende von ihnen in nur eine Hand nehmen. »Das nennt man ›sein Glück in Händen halten‹.«

Anfang Mai öffneten sich die Eier und ließen eine Larve frei, die sich nach dreißig Tagen zügelloser Nahrungsaufnahme auf der Grundlage von Maulbeerblättern anschickte, sich in einem Kokon erneut einzuschließen, um dann zwei Wochen später endgültig herauszukommen, wobei sie einen Schatz hinterließ, der in Seide tausend Meter Rohgarn und in Geld eine hübsche Summe französischer Francs ausmachte, vorausgesetzt, dies alles geschah nach Vorschrift und, wie im Fall von Hervé Joncour, irgendwo in Südfrankreich.

Lavilledieu war der Name des Städtchens, in dem Hervé Joncour lebte. Hélène der seiner Frau.

Sie hatten keine Kinder.

3

Um Schäden durch Seuchen zu vermeiden, die die europäischen Aufzuchten immer häufiger heimsuchten, ging Hervé Joncour dazu über, die Seidenraupeneier jenseits des Mittelmeers in Syrien und Ägypten zu erwerben. Dies blieb die bei weitem abenteuerlichste Seite seiner Arbeit. Jedes Jahr Anfang Januar machte er sich auf den Weg. Er legte eintausendsechshundert Seemeilen auf dem Meer und achthundert Kilometer auf dem Land zurück. Er suchte die Eier aus, verhandelte über den Preis und kaufte sie. Dann machte er kehrt, legte achthundert Kilometer auf dem Land und eintausendsechshundert Seemeilen auf dem Meer zurück und kam für gewöhnlich am ersten Sonntag im April und für gewöhnlich gerade rechtzeitig zum Hochamt wieder in Lavilledieu an.

Er arbeitete noch zwei Wochen, um die Eier zu verpacken und zu verkaufen.

Den Rest des Jahres ruhte er sich aus.

4

»Wie ist Afrika?« fragten sie ihn.

»Müde.«

Er hatte ein großes Haus direkt vor den Toren des Städtchens und ein kleines Laboratorium im Zentrum, direkt gegenüber von Jean Berbecks verlassenem Haus.

Jean Berbeck hatte eines Tages beschlossen, daß er nie wieder sprechen wollte. Er hielt sein Versprechen. Seine Frau und seine beiden Töchter verließen ihn. Er starb. Niemand wollte sein Haus haben, so war es nun ein verlassenes Haus.

Mit dem Kauf und dem Verkauf der Seidenraupen verdiente Hervé Joncour genug Geld, um sich und seiner Frau jene Annehmlichkeiten zu sichern, die man in der Provinz gern als Luxus ansieht. Er genoß sein Vermögen ohne viel Aufhebens, und die naheliegende Aussicht, tatsächlich reich zu werden, ließ ihn vollkommen kalt. Er war übrigens einer jener Menschen, die dem eigenen Leben gern *beiwohnen*, während sie jegliches Bestreben, *es zu leben*, für unangebracht halten.

Man wird bemerkt haben, daß diese Menschen ihr Schicksal betrachten, wie die meisten für gewöhnlich einen Regentag betrachten.

5

Wenn man ihn danach gefragt hätte, hätte Hervé Joncour geantwortet, daß sein Leben immer so weitergehen würde. Anfang der sechziger Jahre jedoch griff die Nosemaseuche, die bereits die Eier der europäischen Aufzuchten unbrauchbar gemacht hatte, auf die andere Seite des Meeres über, wo sie Afrika und manchen Stimmen zufolge sogar Indien erreichte. Hervé Joncour kam 1861 von seiner üblichen Reise mit einem Vorrat an Eiern zurück, der sich zwei Monate später als fast vollständig infiziert herausstellte. Für Lavilledieu wie für viele andere Städte, die ihren Reichtum auf die Seidenherstellung gründeten, schien dieses Jahr der Anfang vom Ende zu sein. Die Wissenschaft erwies sich als unfähig, die Ursachen für die Seuche zu finden. Und die ganze Welt bis in ihre entlegensten Winkel schien dieser Hexerei ohne Erklärungen ausgeliefert zu sein.

»*Fast* die ganze Welt«, sagte leise Baldabiou. »Fast«, und er goß sich zwei Schluck Wasser in seinen Pernod.

6

Baldabiou war der Mann, der vor zwanzig Jahren in das Städtchen gekommen war, schnurstracks auf das Büro des Bürgermeisters zusteuerte, dann ohne sich anmelden zu lassen eintrat, ihm ein Seidentuch in der Farbe des Sonnenuntergangs auf den Schreibtisch legte und ihn fragte: »Wissen Sie, was das ist?«

»Frauenkram.«

»Falsch. Männersache: Geld.«

Der Bürgermeister ließ ihn hinauswerfen. Er baute unten am Fluß eine Spinnerei, am Waldrand eine Halle für die Seidenraupenzucht und an der Kreuzung mit der Straße nach Vivier eine kleine Kirche, die der heiligen Agnes geweiht war. Er stellte etwa dreißig Arbeiter ein, ließ aus Italien eine mysteriöse hölzerne Maschine kommen, ganz Räderwerk und Getriebe, und sagte sieben Monate lang überhaupt nichts mehr. Dann ging er wieder zum Bürgermeister und legte ihm wohlsortiert dreißigtausend Francs in großen Scheinen auf den Schreibtisch.

»Wissen Sie, was das ist?«

»Geld.«

»Falsch. Es ist der Beweis, daß Sie ein Vollidiot sind.«

Er nahm die Scheine wieder auf, steckte sie in seine Börse und wollte gehen.

Der Bürgermeister hielt ihn zurück.

»Was zum Teufel soll ich tun?«

»Nichts, und Sie werden der Bürgermeister eines reichen Städtchens sein.«

Fünf Jahre später hatte Lavilledieu sieben Spinnereien und war zu einem der wichtigsten Zentren der Seidenraupenzucht und der Seidenspinnerei in Europa geworden. Nicht alles gehörte Baldabiou. Andere Honoratioren und Grundbesitzer der Gegend waren ihm in dieses kuriose unternehmerische Abenteuer gefolgt. Jedem von ihnen hatte Baldabiou anstandslos die Geheimnisse des Handwerks enthüllt. Das machte ihm weitaus mehr Spaß als scheffelweise Geld anzuhäufen: zu lehren. Und Geheimnisse zu haben, die er erzählen konnte. So einer war er.

7

Baldabiou war außerdem der Mann, der acht Jahre zuvor Hervé Joncours Leben verändert hatte. Es war die Zeit, in der die ersten Seuchen begonnen hatten, die europäische Raupeneierproduktion anzugreifen. Mit kühlem Kopf hatte Baldabiou die Lage analysiert und war zu dem Schluß gekommen, daß das Problem nicht gelöst, sondern umgangen werden mußte.

Er hatte eine Idee, allein ihm fehlte der richtige Mann. Er wußte, daß er ihn gefunden hatte, als er Hervé Joncour an Verduns Café vorbeigehen sah – elegant in seiner Uniform eines Leutnants der Infanterie und mit dem stolzen Gang eines Militärs auf Urlaub. Er war damals vierundzwanzig Jahre alt. Baldabiou lud ihn in sein Haus ein, hielt ihm einen Atlas voll exotischer Namen unter die Nase und sagte: »Herzlichen Glückwunsch, mein Junge! Du hast endlich eine anständige Arbeit gefunden.«

Hervé Joncour hörte sich von Anfang bis Ende eine Geschichte von Raupen, Eiern, Pyramiden und Schiffsreisen an. Dann sagte er: »Ich kann nicht.«

»Wieso nicht?«

»In zwei Tagen ist mein Urlaub zu Ende, ich muß nach Paris zurück.«

»Militärlaufbahn?«

»Ja. Mein Vater wollte es so.«

»Kein Problem.«

Er nahm Hervé Joncour und brachte ihn zu seinem Vater.

»Wissen Sie, wer das ist?« fragte er ihn, nachdem er unangemeldet in sein Büro getreten war.

»Mein Sohn.«

»Sehen Sie genauer hin!«

Der Bürgermeister ließ sich gegen die Rückenlehne seines Ledersessels fallen und begann zu schwitzen.

»Mein Sohn Hervé, der in zwei Tagen nach Paris zurückfährt, wo ihn eine glänzende Karriere in unserer Armee erwartet, so Gott und die heilige Agnes es wollen.«

»Genau. Nur daß Gott anderweitig beschäftigt ist und die heilige Agnes Soldaten nicht ausstehen kann.«

Einen Monat später brach Hervé Joncour nach Ägypten auf. Er fuhr mit einem Schiff, das Adel hieß. Küchengerüche zogen in die Kabinen, es gab einen Engländer, der behauptete, in Waterloo gekämpft zu haben, am Abend des dritten Tages sahen sie Delphine wie trunkene Wellen am Horizont glitzern, und im Roulette kam immer die sechzehn.

Er kehrte nach zwei Monaten – am ersten Sonntag im April, gerade rechtzeitig zum Hochamt – mit Tausenden von Eiern zurück, die in Watte gepackt in zwei großen Holzkisten lagen. Er hatte eine Menge zu erzählen. Doch Baldabiou sagte, als sie allein waren: »Erzähl mir von den Delphinen!«

»Von den Delphinen?«

»Als du sie gesehen hast!«

Das war Baldabiou.

Niemand wußte, wie alt er war.

8

»*Fast* die ganze Welt«, sagte leise Baldabiou. »Fast«, und er goß sich zwei Schluck Wasser in seinen Pernod.

Eine Nacht im August, nach Mitternacht. Um diese Zeit hatte Verdun normalerweise schon eine Weile geschlossen. Die Stühle waren ordentlich hoch gestellt. Den Tresen hatte er geputzt und alles andere auch. Er brauchte nur noch das Licht zu löschen und abzuschließen. Doch Verdun wartete. Baldabiou redete.

Ihm gegenüber saß Hervé Joncour mit einer erloschenen Zigarette zwischen den Lippen und hörte ihm reglos zu. Wie acht Jahre zuvor ließ er es sich gefallen, daß dieser Mann sein Schicksal neu ordnete. Seine Stimme drang leise und deutlich zu ihm hinüber, synkopiert von regelmäßigen Pernodschlucken. Sein Mund stand minutenlang nicht still. Das letzte, was er sagte, war: »Es bleibt uns keine andere Wahl. Wenn wir überleben wollen, müssen wir dorthin.«

Schweigen.

Auf den Tresen gestützt, schaute Verdun zu den beiden hoch.

Baldabiou bemühte sich, auf dem Grund des Glases noch einen Tropfen Pernod ausfindig zu machen.

Hervé Joncour legte seine Zigarette auf die Tischkante und sagte: »Und wo genau soll dieses Japan liegen?«

Baldabiou hob die Spitze seines Spazierstocks und wies damit über die Dächer von Saint-August.

»Immer geradeaus.«

Sagte er.

»Am Ende der Welt.«

9

Zu jener Zeit lag Japan tatsächlich am anderen Ende der Welt. Es war eine Insel, die aus Inseln bestand, und zweihundert Jahre lang hatte das Land vollkommen abgeschnitten vom Rest der Menschheit gelebt, denn es hatte jeglichen Kontakt mit dem Kontinent verweigert und jedem Fremden die Einreise verwehrt. Die chinesische Küste war etwa zweihundert Meilen entfernt, doch ein kaiserlicher Erlaß hatte dafür gesorgt, daß sie in noch weitere Ferne rückte, denn er verbot auf der gesamten Insel den Bau von Booten mit mehr als einem Mast. Mit einer für ihre Verhältnisse aufgeklärten Logik untersagte das Gesetz Auswanderungen übrigens nicht, verurteilte jedoch die Menschen zum Tode, die zurückkommen wollten. Chinesische, holländische und englische Kaufleute hatten immer wieder versucht, diese unsinnige Isolation zu durchbrechen, doch es war ihnen nur gelungen, ein dünnes und gefahrvolles Schleichhandelsnetz zu knüpfen. Das hatte ihnen wenig Geld, viele Unannehmlichkeiten und ein paar Geschichten eingebracht, die sie abends in den Häfen zum besten geben konnten. Wo sie versagt hatten, waren die Amerikaner mit ihrer Waffengewalt erfolgreich. Im Juli 1853 drang Kommodore Matthew C. Perry mit einer modernen Flotte von Dampfschiffen in die Bucht von Yokohama ein und übergab den Japanern ein Ultimatum, in dem man die Öffnung der Insel für Ausländer »wünschte«.

Die Japaner hatten bis dahin noch nie ein Schiff gesehen, das in der Lage war, das Meer gegen den Wind zu befahren.

Als Perry nach sieben Monaten zurückkehrte, um die Antwort auf sein Ultimatum in Empfang zu nehmen, sah sich die Militärführung der Insel gezwungen, ein Abkommen zu unterzeichnen, das die Öffnung zweier Häfen im Norden des Landes für Ausländer sowie die Aufnahme erster begrenzter Handelsbeziehungen festschrieb. Das Meer rings um diese Insel – erklärte der Kommodore mit einiger Feierlichkeit – ist vom heutigen Tag an weitaus weniger tief.

10

Baldabiou kannte all diese Geschichten. Insbesondere kannte er ein Gerücht, das in den Erzählungen all derer, die dort gewesen waren, immer wieder auftauchte. Es besagte, daß auf jener Insel die schönste Seide der Welt hergestellt wurde. Man tat dies seit mehr als tausend Jahren nach Riten und Geheimrezepten, die eine mystische Präzision erlangt hatten. Baldabiou für sein Teil glaubte, daß es sich nicht um ein Gerücht, sondern schlicht und einfach um die Wahrheit handelte. Einmal hatte er ein Tuch in der Hand gehabt, das aus japanischer Seide gewebt war. Es war, als hielte er das Nichts in Händen. Als wegen dieser Geschichte mit der Nosemaseuche und den kranken Eiern alles zum Teufel zu gehen schien, war sein Gedankengang also folgender: »Diese Insel ist voller Seidenraupen. Und eine Insel, auf die zweihundert Jahre lang kein chinesischer Händler und kein englischer Versicherungsagent gelangen konnte, ist eine Insel, auf die auch nie eine Krankheit gelangen kann.«

Er beschränkte sich nicht darauf, das zu denken. Er erzählte es sämtlichen Seidenherstellern von Lavilledieu, nachdem er sie in Verduns Café zusammengerufen hatte. Keiner von ihnen hatte je etwas von Japan gehört.

»Wir sollen durch die ganze Welt reisen, um an einem Ort manierliche Eier zu kaufen, wo man einen Ausländer hängt, sobald man ihn zu Gesicht bekommt?«

»Gehängt hat«, stellte Baldabiou klar.

Sie wußten nicht, was sie davon halten sollten. Jemandem fiel ein Einwand ein.

»Es wird schon seinen Grund haben, wenn niemand auf der Welt auf die Idee gekommen ist, die Eier dort zu kaufen.«

Baldabiou hätte bluffen können, indem er daran erinnerte, daß es auf der ganzen Welt keinen zweiten Baldabiou gab. Doch er zog es vor, die Dinge beim Namen zu nennen.

»Die Japaner haben sich damit abgefunden, ihre Seide zu verkaufen. Doch die Eier, nein, die geben sie nicht her. Und versucht man, sie außer Landes zu schaffen, begeht man ein Verbrechen.«

Die Seidenhersteller von Lavilledieu waren, mehr oder weniger, Ehrenmänner und wären nie auf den Gedanken gekommen, in ihrem eigenen Land irgendein Gesetz zu übertreten. Die Annahme, dies am anderen Ende der Welt tun zu können, erwies sich für sie allerdings zu Recht als vernünftig.

~~~~~~~~~~~~~ II ~~~~~~~~~~~~~

Es war das Jahr 1861. Flaubert schrieb gerade den Schluß von *Salammbô*, das elektrische Licht war noch graue Theorie, und Abraham Lincoln führte jenseits des Ozeans einen Krieg, dessen Ende er nie erleben sollte. Die Seidenraupenzüchter von Lavilledieu schlossen sich zu einem Konsortium zusammen und sammelten die – beträchtliche – Geldsumme, die für die Expedition erforderlich war. Für alle war es nur logisch, Hervé Joncour damit zu betrauen. Als Baldabiou ihn um seine Einwilligung bat, antwortete er mit einer Frage.

»Und wo genau soll dieses Japan liegen?«

Immer geradeaus. Am Ende der Welt.

Er brach am 6. Oktober auf. Allein.

Vor den Toren von Lavilledieu zog er seine Frau Hélène an sich und sagte nur: »Du brauchst überhaupt keine Angst zu haben.«

Sie war eine hochgewachsene Frau, bewegte sich langsam und hatte langes schwarzes Haar, das sie nie hochsteckte. Sie hatte eine wunderschöne Stimme.

12

Hervé Joncour machte sich mit achtzigtausend Goldfrancs und mit den Namen dreier Männer, die Baldabiou ihm besorgt hatte – einem chinesischen, einem holländischen und einem japanischen –, auf den Weg. Er passierte die Grenze bei Metz, durchquerte Württemberg und Bayern, reiste nach Österreich ein, erreichte mit dem Zug Wien und Budapest, um dann bis Kiew weiterzufahren. Er legte zu Pferd zweitausend Kilometer russische Steppe zurück, überquerte den Ural, gelangte nach Sibirien und fuhr vierzig Tage bis zum Baikalsee, der von den Einheimischen »das Meer« genannt wurde. Er folgte dem Lauf des Amur an der chinesischen Grenze entlang flußabwärts bis zum Ozean, und als er den Ozean erreicht hatte, blieb er elf Tage im Hafen von Sabirk, bevor ihn ein Schiff holländischer Schmuggler nach Kap Teraya an die Westküste Japans brachte. Zu Fuß zog er auf Nebenstraßen durch die Provinzen Ishikawa, Toyama und Niigata, kam in die Provinz Fukushima und erreichte die Stadt Shirakawa, er umging sie in östlicher Richtung, wartete zwei Tage auf einen schwarzgekleideten Herrn, der ihm die Augen verband und ihn in ein Dorf in den Bergen brachte, wo er übernachtete, und verhandelte am nächsten Morgen über den Kauf der Eier – mit einem Mann, der nicht sprach und dessen Gesicht mit einem Seidenschleier, schwarz, verhüllt war. Bei Sonnenuntergang versteckte er die Eier in seinem Gepäck, wandte Japan den Rükken und trat die Heimreise an.

Er hatte kaum die letzten Häuser des Dorfes hinter sich gelassen, als ihn ein Mann im Laufschritt einholte und zurückhielt. Er sagte etwas in einem erregten und keinen Widerspruch duldenden Tonfall zu ihm und begleitete ihn dann mit höflicher Bestimmtheit zurück.

Hervé Joncour sprach kein Japanisch und konnte es auch nicht verstehen. Doch er begriff, daß Hara Kei ihn sehen wollte.

13

Man schob eine Trennwand aus Reispapier zur Seite, und Hervé Joncour trat ein. Hara Kei saß mit gekreuzten Beinen im hintersten Winkel des Raumes auf dem Boden. Er trug ein dunkles Gewand und keinen Schmuck. Das einzig sichtbare Zeichen seiner Macht: eine reglos neben ihm liegende Frau, den Kopf auf seinem Schoß, die Augen geschlossen, die Arme unter dem weiten roten Kleid verborgen, das sich auf der aschfarbenen Bastmatte wie eine Flamme ringsumher ausbreitete. Er fuhr ihr mit der Hand langsam durchs Haar. Es sah aus, als streichelte er das Fell eines kostbaren, schlafenden Tiers.

Hervé Joncour ging durch den Raum, wartete auf einen Wink des Gastgebers und setzte sich ihm gegenüber. Sie schwiegen und sahen sich an. Unmerklich kam ein Diener herbei und stellte zwei Tassen Tee vor sie hin. Dann verschwand er im Nichts. Hara Kei begann zu reden, in seiner Muttersprache und mit singender Stimme, die in einem unangenehm gekünstelten Falsett aufgelöst war.

Hervé Joncour hörte zu. Er sah Hara Kei fest in die Augen, und nur für einen Moment und fast ohne sich dessen bewußt zu sein, senkte er seinen Blick auf das Gesicht der Frau.

Es war das Gesicht eines sehr jungen Mädchens.

Er sah wieder auf.

Hara Kei brach ab, nahm eine der Teetassen auf, führte sie an seine Lippen, ließ ein paar Augenblicke verstreichen und sagte: »Versuchen Sie mir zu sagen, wer Sie sind.«

Er sagte dies mit einer rauhen, unverfälschten Stimme auf französisch, wobei er die Vokale ein wenig langzog.

14

Dem uneinnehmbarsten Mann Japans, dem Besitzer all dessen, was die Welt von dieser Insel forttragen konnte, versuchte Hervé Joncour zu erklären, wer er war. Er tat dies in seiner Muttersprache, wobei er langsam redete, ohne genau zu wissen, ob Hara Kei in der Lage war, ihn zu verstehen. Instinktiv ließ er alle Vorsicht beiseite und erzählte ohne Erfindungen und Aussparungen schlichtweg die Wahrheit. Er reihte kleine Details und schicksalhafte Begebenheiten in immer demselben Tonfall und mit kaum angedeuteten Gesten aneinander, als gebe er die monotone, melancholische und sachliche Auflistung von Gegenständen wieder, die einem Feuer entgangen waren. Hara Kei hörte zu, ohne daß auch nur der Schatten eines Gefühls seine Gesichtszüge verwirrte. Er hing an Hervé Joncours Lippen, als seien sie die letzten Zeilen eines Abschiedsbriefes. In dem Raum war alles so still und reglos, daß das, was unversehens geschah und gleichwohl ein Nichts war, wie eine Ungeheuerlichkeit wirkte.

Ohne die leiseste Regung
schlug dieses Mädchen
plötzlich
die Augen auf.

Hervé Joncour hörte nicht auf zu reden, doch er blickte unwillkürlich zu ihr hinunter, und was er sah, ohne daß er aufhörte zu reden, war, daß diese Augen *nicht asiatisch geschnitten waren* und daß sie ihn *mit verwirrender Intensität* anschauten – als hätten sie, unter diesen Lidern hervor, seit jeher nichts anderes getan. Mit der ganzen Natürlichkeit, deren er fähig war, wandte Hervé Joncour den Blick ab und bemühte sich, seine Erzählung fortzusetzen, ohne daß in seiner Stimme etwas anders klang. Er verstummte erst, als sein Blick auf die Teetasse fiel, die vor ihm auf dem Boden stand. Er nahm sie mit einer Hand auf, führte sie an seine Lippen und trank bedächtig. Als er sie wieder vor sich abstellte, redete er weiter.

15

Frankreich, die Schiffsreisen, der Duft der Maulbeerbäume von Lavilledieu, die Dampflokomotiven, die Stimme von Hélène. Hervé Joncour fuhr fort, sein Leben zu erzählen, wie er es noch nie in seinem Leben getan hatte. Das Mädchen fuhr fort, ihn mit einer Intensität anzuschauen, die jedem seiner Worte die Pflicht abverlangte, denkwürdig zu klingen. Der Raum schien mittlerweile in eine unwiderrufliche Reglosigkeit geglitten zu sein, als sie plötzlich und vollkommen lautlos eine Hand aus ihrem Kleid hervorschob und sie vor sich über die Bastmatte gleiten ließ. Hervé Joncour sah, wie dieser blasse Fleck an den Rand seines Blickfelds gelangte, sah, wie er Hara Keis Teetasse streifte, wie er dann absurderweise weiterglitt, bis er kurz entschlossen die andere Tasse umfing, die unvermeidlich die Tasse war, aus der *er* getrunken hatte, wie er sie dann sacht aufhob und mit sich fort nahm. Hara Kei hatte seine ausdruckslosen Augen nicht einen Moment von Hervé Joncours Lippen gelöst.

Das Mädchen hob sanft den Kopf.

Zum ersten Mal wandte sie ihren Blick von Hervé Joncour und richtete ihn auf die Tasse.

Sie drehte sie langsam, bis ihre Lippen genau die Stelle erreichten, von der er getrunken hatte.

Sie schloß die Augen und trank einen Schluck Tee.

Dann nahm sie die Tasse von den Lippen.

Sie ließ sie dorthin zurückgleiten, wo sie sie aufgenommen hatte.

Ihre Hand verschwand unter dem Kleid.

Sie legte ihren Kopf zurück in Hara Keis Schoß.

Die Augen offen und fest auf die von Hervé Joncour gerichtet.

16

Hervé Joncour redete noch lange. Er brach erst ab, als Hara Kei den Blick von ihm wandte und mit dem Kopf eine Verbeugung andeutete.

Schweigen.

Auf französisch, wobei er die Vokale ein wenig langzog, sagte Hara Kei mit rauher, unverfälschter Stimme: »Es wird mir ein Vergnügen sein, Sie wiederzusehen, falls Sie es wünschen.«

Zum ersten Mal lächelte er.

»Die Eier, die Sie bei sich haben, sind Fischeier. Sie sind so gut wie wertlos.«

Hervé Joncour blickte zu Boden. Vor ihm stand seine Teetasse. Er nahm sie auf und begann sie zu drehen und anzusehen, als suche er etwas auf ihrem farbigen Rand. Als er gefunden hatte, was er suchte, setzte er seine Lippen daran und trank bis zur Neige. Dann stellte er die Tasse vor sich ab und sagte: »Ich weiß.«

Hara Kei lachte amüsiert.

»Haben Sie deshalb mit falschem Gold bezahlt?«

»Ich habe bezahlt, was ich gekauft habe.«

Hara Kei wurde wieder ernst.

»Wenn Sie von hier fortgehen, werden Sie haben, was Sie begehren.«

»Wenn ich lebend von dieser Insel komme, erhalten Sie das Gold, das Ihnen zusteht. Sie haben mein Wort.«

Hervé Joncour wartete nicht erst auf eine Antwort. Er stand auf, ging ein paar Schritte rückwärts und verneigte sich.

Das letzte, was er sah, bevor er hinausging, waren ihre Augen. Fest auf ihn gerichtet und vollkommen stumm.

17

Sechs Tage später ging Hervé Joncour in Takaoka an Bord eines Schiffes holländischer Schmuggler, das ihn nach Sabirk brachte. Von dort aus folgte er der chinesischen Grenze zurück bis zum Baikalsee, durchquerte viertausend Kilometer sibirisches Festland, passierte den Ural, gelangte nach Kiew und fuhr mit dem Zug von Ost nach West quer durch Europa, bis er nach dreimonatiger Reise in Frankreich ankam. Am ersten Sonntag im April – gerade rechtzeitig zum Hochamt – erreichte er die Tore von Lavilledieu. Er dankte Gott und betrat das Städtchen zu Fuß, wobei er seine Schritte zählte, damit jeder von ihnen einen Namen bekam und er sie nie wieder vergaß.

»Wie ist das Ende der Welt?« fragte ihn Baldabiou.

»Unsichtbar.«

Seiner Frau Hélène brachte er ein Seidengewand mit, das sie aus Schüchternheit niemals trug. Wenn man es anfaßte, war es, als hielte man das Nichts in Händen.

18

Die von Hervé Joncour aus Japan mitgebrachten Eier, die an Hunderten von kleinen Maulbeerrindenstückchen klebten, erwiesen sich als vollkommen gesund. Die Seidenproduktion im Raum Lavilledieu war in diesem Jahr nach Menge und Qualität einzigartig. Man beschloß die Eröffnung von zwei weiteren Spinnereien, und Baldabiou ließ ein Kloster neben der Kirche für die heilige Agnes errichten. Es ist nicht nachvollziehbar, warum, doch er hatte es sich kreisförmig vorgestellt, weshalb er einen spanischen Architekten, der Juan Benitez hieß und sich eines gewissen Rufes auf dem Gebiet von *Plazas de Toros* erfreute, mit dem Bauvorhaben betraute.

»Natürlich ohne Sand in der Mitte, und dafür ein Garten. Und am Eingang, wenn möglich, Delphinköpfe statt Stierköpfen.«

»¿Delphine, Señor?«

»Weißt du nicht, wie dieser Fisch aussieht, Benitez?«

Hervé Joncour rechnete zweimal nach und

stellte fest, daß er reich war. Er kaufte im Süden seines Besitzes dreißig Morgen Land und verbrachte die Sommermonate damit, einen Park zu entwerfen, in dem das Spazieren leicht und still sein würde. Er dachte ihn sich unsichtbar wie das Ende der Welt. Jeden Morgen ging er zu Verdun, wo er sich die Klatschgeschichten des Städtchens anhörte und in den Zeitungen blätterte, die aus Paris gekommen waren. Abends saß er lange mit seiner Frau Hélène im Laubengang seines Hauses. Sie las aus einem Buch vor, und das machte ihn glücklich, denn für ihn gab es keine schönere Stimme auf der ganzen Welt.

Am 4. September 1862 wurde er dreiunddreißig Jahre alt. Sein Leben regnete vor seinen Augen herab. Ein stilles Schauspiel.

19

»Du brauchst überhaupt keine Angst zu haben.«

Weil Baldabiou es so beschlossen hatte, reiste Hervé Joncour am ersten Tag im Oktober erneut nach Japan ab. Er passierte die französische Grenze bei Metz, durchquerte Württemberg und Bayern, reiste nach Österreich ein, erreichte mit dem Zug Wien und Budapest, um dann bis Kiew weiterzufahren. Er legte zu Pferd zweitausend Kilometer russische Steppe zurück, überquerte den Ural, gelangte nach Sibirien und fuhr vierzig Tage bis zum Baikalsee, der von den Einheimischen »der Dämon« genannt wurde. Er folgte dem Lauf des Amur an der chinesischen Grenze entlang flußabwärts bis zum Ozean, und als er den Ozean erreicht hatte, blieb er elf Tage im Hafen von Sabirk, bevor ihn ein Schiff holländischer Schmuggler nach Kap Teraya an die Westküste Japans brachte. Zu Fuß zog er auf Nebenstraßen durch die Provinzen Ishikawa, Toyama und Niigata, kam in die Provinz Fukushima und erreichte die Stadt Shirakawa, er umging sie in östlicher

Richtung und wartete zwei Tage auf einen schwarzgekleideten Herrn, der ihm die Augen verband und ihn in das Dorf von Hara Kei brachte. Als er die Augen wieder öffnen durfte, sah er zwei Diener vor sich, die sein Gepäck aufnahmen und ihn bis an den Rand eines Waldes führten, wo sie ihm einen Weg wiesen und ihn allein zurückließen. Hervé Joncour begann durch den Schatten zu laufen, den die Bäume ringsumher und über ihm vom Tageslicht abschnitten. Er blieb erst stehen, als sich die Vegetation am Wegrand plötzlich wie ein Fenster für einen Moment lichtete. Etwa dreißig Meter weiter unten war ein See zu erkennen. Und am Ufer des Sees mit dem Rükken zu ihm auf dem Boden kauernd: Hara Kei und eine Frau in einem orangefarbenen Kleid, deren offenes Haar auf die Schultern herabfiel. Als Hervé Joncour sie entdeckte, drehte sie sich um, langsam und nur für einen Augenblick, gerade lang genug, um seinem Blick zu begegnen.

Ihre Augen waren nicht asiatisch geschnitten, und ihr Gesicht war das Gesicht eines sehr jungen Mädchens.

Hervé Joncour ging im Dickicht des Waldes weiter, und als er herauskam, stand er am Ufer des Sees. Wenige Schritte vor ihm saß reglos und allein Hara Kei, mit dem Rücken zu ihm, in Schwarz gekleidet. Neben ihm lag einsam auf dem Boden ein orangefarbenes Kleid, und zwei Bastsandalen. Hervé Joncour trat näher. Winzige kreisförmige Wellen trugen das Wasser des Sees ans Ufer, als seien sie von weither dorthin entsandt.

»Mein französischer Freund«, murmelte Hara Kei, ohne sich umzudrehen.

Sie saßen nebeneinander und verbrachten Stunden damit, zu reden und zu schweigen. Dann stand Hara Kei auf, und Hervé Joncour tat es ihm gleich. Bevor er auf den Weg zurückkehrte, ließ er mit einer unmerklichen Bewegung einen seiner Handschuhe neben dem orangefarbenen Kleid fallen, das einsam am Ufer lag. Sie erreichten das Dorf, als es schon Abend war.

20

Hervé Joncour war vier Tage zu Gast bei Hara Kei. Es war wie das Leben am Hof eines Königs. Das ganze Dorf lebte für diesen Mann, und es gab in den Bergen so gut wie keine Tat, die nicht zu seinem Schutz und zu seinem Vergnügen geschah. Das Leben wimmelte leise, es bewegte sich mit listiger Langsamkeit wie ein in seinem Bau aufgespürtes Tier. Die Welt schien Jahrhunderte entfernt.

Hervé Joncour hatte ein Haus für sich und dazu fünf Diener, die ihm überallhin folgten. Er aß allein, im Schatten eines blütengeschmückten Baumes, wie er noch nie einen gesehen hatte. Zweimal am Tag wurde ihm mit einer gewissen Feierlichkeit der Tee serviert. Abends begleitete man ihn in den größten Raum des Hauses, wo der Fußboden aus Stein war und er das Ritual des Bades genoß. Drei alte Frauen, deren Gesichter mit einer weißen Schminke bedeckt waren, begossen seinen Körper mit Wasser und trockneten ihn mit lauen Seidentüchern ab. Sie hatten knorrige, jedoch federleichte Hände.

Am Morgen des zweiten Tages sah Hervé Joncour einen Weißen ins Dorf kommen, gefolgt von zwei Wagen, auf denen sich große Holzkisten stapelten. Es war ein Engländer. Er kam nicht, um zu kaufen. Er kam, um zu verkaufen.

»Waffen, Monsieur. Und Sie?«

»Ich kaufe. Seidenraupen.«

Sie aßen gemeinsam zu Abend. Der Engländer hatte viele Geschichten zu erzählen. Seit nunmehr acht Jahren pendelte er zwischen Europa und Japan hin und her. Hervé Joncour hörte ihm zu, und erst am Schluß fragte er ihn: »Kennen Sie eine junge weiße Frau, eine Europäerin, glaube ich, die hier lebt?«

Der Engländer aß gleichmütig weiter.

»Es gibt keine weißen Frauen in Japan. Nicht eine einzige weiße Frau gibt es in Japan.«

Mit Gold beladen reiste er am nächsten Tag ab.

21

Hervé Joncour sah Hara Kei erst am Morgen des dritten Tages wieder. Er merkte plötzlich, daß seine fünf Diener wie vom Erdboden verschluckt waren, und wenig später sah er ihn kommen. Dieser Mann, für den, in diesem Dorf, alle lebten, bewegte sich stets in einem Vakuum. Ganz als schriebe ein stilles Gebot der Welt vor, ihn allein leben zu lassen.

Sie stiegen gemeinsam den Hang hinunter und erreichten eine Lichtung, über der der Himmel vom Flug Dutzender Vögel mit großen blauen Flügeln durchfurcht war.

»Die Leute hier schauen ihnen beim Fliegen zu, und aus ihrem Flug lesen sie die Zukunft.«

Sagte Hara Kei.

»Als ich ein kleiner Junge war, führte mein Vater mich an einen Ort wie diesen hier, drückte mir seinen Bogen in die Hand und befahl mir, auf einen von ihnen zu schießen. Ich tat es, und ein großer Vogel mit blauen Flügeln fiel wie ein toter Stein zu Boden. Lies aus dem Flug deines Pfeils, wenn du wissen willst, was dir die Zukunft bringt, sagte mein Vater zu mir.«

Sie flogen langsam und stiegen am Himmel auf und nieder, als wollten sie ihn mit ihren Flügeln gründlich auslöschen.

Sie gingen durch das sonderbare Licht eines Nachmittags, der wie ein Abend war, ins Dorf zurück. Vor Hervé Joncours Haus verabschiedeten sie sich. Hara Kei drehte sich um und ging langsam die Straße hinunter, die am Fluß entlang führte. Hervé Joncour blieb auf der Schwelle stehen und sah ihm nach. Er wartete, bis der andere etwa zwanzig Schritt entfernt war, und sagte dann: »Wann sagen Sie mir, wer dieses Mädchen ist?«

Hara Kei setzte seinen Weg mit langsamen Schritten fort, die keinerlei Müdigkeit verrieten. Ringsumher herrschte absolute Stille. Und Leere. Wie durch ein besonderes Gebot ging dieser Mann, wo er auch ging, in unbedingter und vollkommener Einsamkeit.

22

Am Morgen des letzten Tages ging Hervé Joncour aus seinem Haus und schlenderte durch das Dorf. Er begegnete Männern, die sich verneigten, als er vorüberkam, und Frauen, die ihm mit gesenktem Blick zulächelten. Er merkte, daß er in die Nähe von Hara Keis Domizil gelangt war, als er eine riesige Voliere erblickte, die eine unglaubliche Zahl der verschiedensten Vögel enthielt: ein grandioses Schauspiel. Hara Kei hatte ihm erzählt, daß er sie aus allen Teilen der Welt hatte kommen lassen. Einige darunter waren mehr wert als die ganze Seide, die Lavilledieu in einem Jahr produzieren konnte. Hervé Joncour blieb stehen und betrachtete diese wundervolle Verrücktheit. Er erinnerte sich, in einem Buch gelesen zu haben, daß die asiatischen Männer, wenn sie die Treue ihrer Geliebten honorieren wollten, ihnen keinen Schmuck zu schenken pflegten, sondern erlesene, wunderschöne Vögel.

Hara Keis Domizil lag wie in einem See des Schweigens ertränkt. Hervé Joncour trat näher und blieb ein paar Meter vor dem Eingang stehen. Es gab keine Türen, und auf den Papierwänden kamen und gingen Schatten, die keinerlei Geräusch verursachten. Das sah nicht wie Leben aus. Wenn es einen Namen für all das gab, dann: Theater. Ohne zu wissen, worauf, begann Hervé Joncour zu warten – reglos dastehend, nur wenige Meter vom Haus entfernt. Die ganze Zeit, die er dem Schicksal gewährte, ließ diese sonderbare Bühne nichts als Schatten und Schweigen durchdringen. Da machte Hervé Joncour schließlich kehrt und ging, eilig, wieder nach Hause. Mit gesenktem Kopf schaute er seinen Schritten zu, denn das half ihm, nicht nachzudenken.

23

Am Abend packte Hervé Joncour seine Koffer. Dann ließ er sich zum rituellen Bad in den großen Raum mit dem Steinpflaster bringen. Er legte sich hin, schloß die Augen und dachte an die große Voliere, dieses verrückte Liebespfand. Man legte ihm ein nasses Tuch auf die Augen. Das war noch nie geschehen. Instinktiv wollte er es abnehmen, doch eine Hand griff nach seiner und hielt sie zurück. Es war nicht die alte Hand einer alten Frau.

Hervé Joncour spürte, wie das Wasser über seinen Körper rann, erst über die Beine, dann die Arme entlang und über die Brust. Wasser wie Öl. Und ringsumher ein sonderbares Schweigen. Er spürte die Leichtigkeit eines Seidentuchs, das auf ihn herabsank. Und die Hände einer Frau – einer Frau –, die ihn abtrockneten und seine Haut liebkosten, überall: diese Hände und dieses aus nichts gesponnene Gewebe. Er rührte und regte sich nicht, auch nicht, als er spürte, wie die Hände von seinen Schultern zum Hals hochfuhren und wie die Finger – die Finger und die Seide – zu seinen Lippen hinaufglitten, sie einmal, langsam, streiften und verschwanden.

Hervé Joncour spürte noch, wie sich das Seidentuch hob und von ihm genommen wurde. Das letzte war eine Hand, die die seine öffnete und etwas hineinlegte.

Er wartete lange in diesem Schweigen, ohne sich zu bewegen. Dann nahm er langsam das nasse Tuch von den Augen. Es war so gut wie kein Licht mehr im Raum. Es war niemand da, ringsumher. Er stand auf, nahm sein Gewand, das zusammengefaltet auf dem Boden lag, hängte es sich um die Schultern, verließ den Raum, ging durch das Haus, fand seine Bastmatte und legte sich hin. Er betrachtete das Flämmchen, das, zart, in der Laterne zitterte. Und behutsam hielt er die Zeit an, solange er wollte.

Nun war es ein leichtes, die Hand zu öffnen und dieses Stück Papier zu sehen. Es war klein. Wenige Zeichen untereinander gemalt. Schwarze Tinte.

24

Am nächsten Tag reiste Hervé Joncour früh am Morgen ab. Er nahm, in seinem Gepäck versteckt, Tausende Seidenraupeneier mit und damit die Zukunft Lavilledieus und Arbeit für Hunderte von Menschen und den Reichtum für ein Dutzend von ihnen. Dort, wo die Straße nach links abbog und hinter dem Berg für immer den Blick auf das Dorf verwehrte, hielt er an, ohne sich um die beiden Männer zu kümmern, die ihn begleiteten. Er stieg vom Pferd und verharrte eine Weile am Straßenrand, den Blick starr auf die Häuser gerichtet, die auf dem Rücken des Berges saßen.

Sechs Tage später ging Hervé Joncour in Takaoka an Bord eines Schiffes holländischer Schmuggler, das ihn nach Sabirk brachte. Von dort aus folgte er der chinesischen Grenze zurück bis zum Baikalsee, durchquerte viertausend Kilometer sibirisches Festland, passierte den Ural, gelangte nach Kiew und fuhr mit dem Zug von Ost nach West quer durch Europa, bis er nach dreimonatiger Reise in Frankreich ankam. Am ersten

Sonntag im April – gerade rechtzeitig zum Hochamt – erreichte er die Tore von Lavilledieu. Er sah seine Frau Hélène, die ihm entgegenlief, und er spürte den Duft ihrer Haut, als er sie an sich drückte, und den Samt ihrer Stimme, als sie zu ihm sagte: »Du bist zurück.«

Weich.

»Du bist zurück.«

25

Das Leben in Lavilledieu verlief, von einer systematischen Normalität geregelt, in einfachen Bahnen. Hervé Joncour ließ es einundvierzig Tage an sich vorübergleiten. Am zweiundvierzigsten ergab er sich, öffnete ein kleines Fach seines Reisekoffers, zog eine Landkarte von Japan hervor, faltete sie auseinander und entnahm ihr das Stück Papier, das er, vor Monaten, darin versteckt hatte. Wenige Zeichen untereinander gemalt. Schwarze Tinte. Er setzte sich an den Schreibtisch und betrachtete es lange.

Er fand Baldabiou Billard spielend bei Verdun. Er spielte immer allein. Gegen sich selbst. Merkwürdige Partien. Der Gesunde gegen den Krüppel nannte er sie. Er machte einen normalen Stoß und den danach mit nur einer Hand. An dem Tag, wo der Krüppel gewinnt, sagte er, verlasse ich die Stadt.

Seit Jahren verlor der Krüppel.

»Baldabiou, ich muß hier jemand finden, der Japanisch lesen kann.«

Der Krüppel spielte einen Rückläufer über zwei Banden.

»Frag Hervé Joncour, der weiß alles.«

»Ich verstehe nicht ein einziges Wort.«

»Du bist doch der Japaner hier.«

»Aber ich verstehe trotzdem kein Wort.«

Der Gesunde beugte sich über das Queue und vollführte einen Kopfstoß von sechs Punkten.

»Dann bleibt nur noch Madame Blanche. Sie hat ein Stoffgeschäft in Nîmes. Über dem Laden liegt ein Bordell. Das gehört ihr auch. Sie ist reich. Und sie ist Japanerin.«

»Japanerin? Und wie ist sie hierhergekommen?«

»Wenn du etwas von ihr willst, frag sie lieber nicht danach. Scheiße.«

Der Krüppel hatte einen Dreibänder von vierzehn Punkten knapp verfehlt.

26

Seiner Frau Hélène erzählte Hervé Joncour, er müsse geschäftlich nach Nîmes reisen. Und er käme am selben Tag zurück.

Er stieg in der Rue Moscat Nummer zwölf ins erste Stockwerk über dem Stoffgeschäft hinauf und fragte nach Madame Blanche. Man ließ ihn lange warten. Der Salon war wie für ein Fest hergerichtet, das vor Jahren begonnen und seitdem nicht mehr aufgehört hatte. Die Mädchen waren alle jung und Französinnen. Es gab auch einen Pianisten, der gedämpfte Melodien spielte, die an Rußland erinnerten. Nach jedem Stück fuhr er sich mit der rechten Hand durchs Haar und murmelte leise: »Voilà.«

27

Hervé Joncour wartete mehrere Stunden. Dann führte man ihn den Korridor entlang bis zur letzten Tür. Er öffnete sie und trat ein.

Madame Blanche saß in einem großen Sessel neben dem Fenster. Sie trug einen Kimono aus leichtem Stoff, vollkommen weiß. An ihren Fingern steckten, wie Ringe, kleine Blumen von tiefblauer Farbe. Das Haar schwarz, glänzend, das Gesicht asiatisch, makellos.

»Wie kommen Sie dazu anzunehmen, daß Sie reich genug sind, um mit mir ins Bett zu gehen?«

Hervé Joncour blieb, mit dem Hut in der Hand, vor ihr stehen.

»Sie müssen mir einen Gefallen tun. Koste es, was es wolle.«

Er nahm einen kleinen zusammengefalteten Zettel aus der Innentasche seines Jacketts und gab ihn ihr. »Ich muß wissen, was dort steht.«

Madame Blanche rührte keinen Finger. Ihre Lippen blieben leicht geöffnet, sie waren wie die Vorgeschichte eines Lächelns.

»Ich bitte Sie, Madame.«

Sie hatte keinerlei Veranlassung, es zu tun. Trotzdem nahm sie den Zettel, faltete ihn auseinander, sah ihn sich an. Sie heftete ihren Blick auf Hervé Joncour und senkte ihn wieder. Sie faltete den Zettel zusammen, langsam. Als sie sich vorbeugte, um ihn zurückzugeben, öffnete sich der Kimono ein wenig über ihrer Brust. Hervé Joncour sah, daß sie nichts darunter trug und daß ihre Haut jung und makellos war.

»Kommen Sie zurück, oder ich sterbe.«

Sie sagte es mit einer kalten Stimme, wobei sie Hervé Joncour in die Augen sah und sich nicht die geringste Gefühlsregung anmerken ließ.

Kommen Sie zurück, oder ich sterbe.

Hervé Joncour steckte den Zettel wieder in die Innentasche seines Jacketts. »Danke.«

Er deutete eine Verbeugung an, dann drehte er sich um, ging zur Tür und machte Anstalten, ein paar Geldscheine auf den Tisch zu legen.

»Lassen Sie es gut sein!«

Hervé Joncour zögerte einen Augenblick.

»Ich meine nicht das Geld. Ich meine diese Frau. Sie wird nicht sterben, und das wissen Sie.«

Ohne sich umzudrehen, legte Hervé Joncour die Banknoten auf den Tisch, öffnete die Tür und ging.

28

Baldabiou sagte, sie kämen manchmal aus Paris, um mit Madame Blanche zu schlafen. Zurück in der Hauptstadt, steckten sie dann an den Kragen ihres Abendanzugs ein paar kleine blaue Blumen, dieselben, die sie stets wie Ringe an den Fingern trug.

29

Zum ersten Mal in seinem Leben nahm Hervé Joncour seine Frau in diesem Sommer mit an die Riviera. Sie stiegen für zwei Wochen in einem Hotel in Nizza ab, das überwiegend von Engländern bewohnt wurde und für die musikalischen Abendveranstaltungen bekannt war, die es seinen Gästen bot. Hélène war davon überzeugt, daß es ihnen an einem so schönen Ort gelingen werde, das Kind zu zeugen, auf das sie seit Jahren vergeblich warteten. Gemeinsam beschlossen sie, daß es ein Junge werden sollte. Und daß er Philippe heißen würde.

Mit Zurückhaltung nahmen sie am gesellschaftlichen Leben des Seebades teil und amüsierten sich anschließend in der Zurückgezogenheit ihres Zimmers über die seltsamen Typen, denen sie begegnet waren. An einem Konzertabend lernten sie einen polnischen Fellhändler kennen. Er behauptete, in Japan gewesen zu sein.

In der Nacht vor ihrer Abreise geschah es, daß Hervé Joncour aufwachte, als es noch dunkel war, daß er aufstand und an Hélènes Bett trat. Als sie die Augen aufschlug, hörte er sich leise sagen: »Ich werde dich immer lieben.«

30

Anfang September versammelten sich die Seidenraupenzüchter von Lavilledieu, um zu beschließen, was weiter zu tun sei. Die Regierung hatte einen jungen Biologen nach Nîmes geschickt, der damit beauftragt war, die Krankheit zu erforschen, die die in Frankreich produzierten Eier unbrauchbar machte. Er hieß Louis Pasteur. Er arbeitete mit Mikroskopen, die das Unsichtbare sehen konnten. Es hieß, er habe bereits außergewöhnliche Resultate erzielt. Aus Japan kamen Meldungen von einem drohenden Bürgerkrieg, der von Kräften geschürt wurde, die die Öffnung des Landes für Ausländer ablehnten. Das französische Konsulat, das vor kurzem in Yokohama eingerichtet worden war, sandte Depeschen, die für den Augenblick davon abrieten, Handelsbeziehungen mit der Insel aufzunehmen, und empfahl, auf bessere Zeiten zu warten. Zu Vorsicht neigend und den gewaltigen Kosten, die jede Geheimexpedition nach Japan mit sich brachte, empfindlich gegenüber, äußerten viele Honoratioren von Lavilledieu den Vorschlag, Hervé Joncours Reisen auszusetzen und dieses Jahr auf die leidlich zuverlässigen Eierlieferungen zu vertrauen, die von den Großimporteuren aus dem Mittleren Osten kamen. Baldabiou hörte allen zu, ohne etwas zu sagen. Als schließlich er das Wort ergreifen sollte, legte er nur seinen Spazierstock auf den Tisch, schaute zu dem Mann auf, der ihm gegenübersaß, und wartete.

Hervé Joncour kannte Pasteurs Forschungen und hatte auch die Nachrichten aus Japan gelesen, doch er hatte sich stets geweigert, seinen Kommentar dazu zu geben. Er verbrachte seine Zeit lieber damit, die Pläne für seinen Park zu überarbeiten, den er rings um sein Haus anlegen wollte. In einem versteckten Winkel seines Arbeitszimmers bewahrte er ein zusammengefaltetes Stück Papier mit wenigen untereinandergemalten Schriftzeichen auf. Schwarze Tinte. Er hatte ein beachtliches Bankkonto, führte ein friedliches Leben und hegte die berechtigte Illusion, bald Vater zu werden. Als Baldabiou zu ihm aufschaute, sagte er: »Entscheide du, Baldabiou.«

31

Hervé Joncour reiste Anfang Oktober nach Japan ab. Er passierte die französische Grenze bei Metz, durchquerte Württemberg und Bayern, reiste nach Österreich ein, erreichte mit dem Zug Wien und Budapest, um dann bis Kiew weiterzufahren. Er legte zu Pferd zweitausend Kilometer russische Steppe zurück, überquerte den Ural, gelangte nach Sibirien und fuhr vierzig Tage bis zum Baikalsee, der von den Einheimischen »der Letzte« genannt wurde. Er folgte dem Lauf des Amur an der chinesischen Grenze entlang flußabwärts bis zum Ozean, und als er den Ozean erreicht hatte, blieb er zehn Tage im Hafen von Sabirk, bevor ihn ein Schiff holländischer Schmuggler nach Kap Teraya an die Westküste Japans brachte. Er fand ein Land in der chaotischen Erwartung eines Krieges vor, der nicht ausbrechen konnte. Er war tagelang unterwegs, ohne daß er auf die gewohnte Vorsicht zurückgreifen mußte, denn rings um ihn her schienen sich das Machtgefüge und das Netz der Kontrollen in der unmittelbaren Gefahr einer Explosion aufgelöst zu haben, die jene vollkommen neu konzipieren würde. In Shirakawa traf er den Mann, der ihn zu Hara Kei bringen sollte. Nach einem Zweitagesritt kamen sie in Sichtweite des Dorfes. Hervé Joncour betrat es zu Fuß, damit die Nachricht von seiner Ankunft vor ihm eintreffen konnte.

32

Man brachte ihn in ein Haus am Ende des Dorfes, oben am Waldrand. Fünf Diener warteten auf ihn. Er gab ihnen sein Gepäck und ging auf die Veranda. Am entgegengesetzten Ende des Dorfes war Hara Keis Haus zu sehen, kaum größer als die anderen, doch von riesigen Zedern umgeben, die seine Einsamkeit schützten. Hervé Joncour betrachtete es lange, als sei da nichts anderes bis zum Horizont. So sah er

schließlich

unversehens,

wie der Himmel über dem Haus vom Flug Hunderter Vögel gesprenkelt wurde, Vögel wie von der Erde geschleudert, erstaunte Vögel jeglicher Art, die wie toll auseinanderstoben, singend und zeternd, Feuerwerk von Flügeln und ins Licht geschossene Wolke aus Farben und ängstlichen Tönen, Musik aus den Fugen, die in den Himmel flog.

Hervé Joncour lächelte.

33

Das Dorf begann wie ein außer Rand und Band geratener Ameisenhaufen zu wimmeln. Alle rannten und schrien durcheinander, blickten nach oben und schauten den entflohenen Vögeln nach – dem jahrelangen Stolz ihres Herrn: nun ein gen Himmel fliegender Hohn. Hervé Joncour verließ sein Haus und ging, mit grenzenloser Ruhe vor sich hin starrend, langsam durch das Dorf. Niemand schien ihn zu sehen, und auch er schien nichts zu sehen. Er war ein Goldfaden, der sich geradlinig durch das Gewebe eines von einem Irren gewirkten Teppichs zog. Er überquerte die Brücke am Fluß, ging zu den großen Zedern hinunter, tauchte in ihren Schatten und wieder daraus hervor.

Vor sich sah er die riesige Voliere mit weit offenen Türen, vollkommen leer. Und davor eine Frau. Hervé Joncour schaute sich nicht um, ging einfach langsam weiter und blieb erst stehen, als er bei ihr angelangt war.

Ihre Augen waren nicht asiatisch geschnitten,

und ihr Gesicht war das Gesicht eines sehr jungen Mädchens.

Hervé Joncour machte einen Schritt auf sie zu, streckte seine Hand aus und öffnete sie. Auf seiner Handfläche lag ein kleiner, zusammengefalteter Zettel. Sie sah ihn, und jeder Winkel ihres Gesichts lächelte. Sie legte ihre Hand auf die von Hervé Joncour, drückte sie sanft, zögerte einen Augenblick und zog sie dann mit diesem Zettel zwischen den Fingern, der um die ganze Welt gereist war, wieder zurück. Sie hatte ihn kaum in einer Falte ihres Kleides versteckt, als Hara Keis Stimme zu hören war: »Seien Sie willkommen, mein französischer Freund!«

Er stand nur wenige Schritte entfernt. Der Kimono dunkel, das Haar schwarz und im Nacken tadellos zusammengebunden. Er kam näher. Er betrachtete die Voliere und musterte eine nach der anderen die weit offenen Türen.

»Sie werden zurückkommen. Es ist stets schwer, der Versuchung zu widerstehen, zurückzukommen, nicht wahr?«

Hervé Joncour antwortete nicht. Hara Kei sah ihm in die Augen und sagte mild: »Kommen Sie.«

Hervé Joncour folgte ihm. Er ging ein paar Schritte, dann drehte er sich zu dem Mädchen um und deutete eine Verbeugung an.

»Ich hoffe, Sie bald wiederzusehen.«
Hara Kei ging weiter.
»Sie versteht Ihre Sprache nicht.«
Sagte er.
»Kommen Sie.«

34

An diesem Abend lud Hara Kei Hervé Joncour in sein Haus ein. Ein paar Männer aus dem Dorf waren gekommen und mit viel Eleganz gekleidete Frauen, deren Gesichter weiß und mit grellen Farben geschminkt waren. Man trank Sake und rauchte in langen Holzpfeifen einen Tabak von herber und betäubender Würze. Einige Seiltänzer traten auf sowie ein Mann, der Gelächter hervorrief, indem er Menschen und Tiere nachahmte. Drei alte Frauen spielten auf Saiteninstrumenten, ohne daß sie je zu lächeln aufhörten. Hara Kei saß auf dem Ehrenplatz, dunkel gekleidet und barfuß. In einem prächtigen Seidenkleid saß neben ihm die Frau mit dem Mädchengesicht. Hervé Joncour befand sich im entgegengesetzten Teil des Raumes. Er war von dem süßlichen Parfum der Frauen um ihn her umzingelt und lächelte verlegen den Männern zu, die ihm vergnügt Geschichten erzählten, die er nicht verstand. Tausendmal suchte er ihre Augen, und tausendmal fand sie die seinen. Es war eine Art trauriger Tanz, heimlich und ohnmächtig. Hervé Joncour tanzte ihn bis tief in die Nacht hinein, dann stand er auf, sagte etwas auf französisch, um sich zu entschuldigen, machte sich irgendwie von einer Frau los, die beschlossen hatte, ihn zu begleiten, und ging fort, nachdem er sich einen Weg durch die Rauchwolken und durch Männer gebahnt hatte, die in ihrer unverständlichen Sprache auf ihn einredeten. Bevor er den Raum verließ, sah er ein letztes Mal zu ihr hinüber. Sie sah ihn an. Mit einem vollkommen stummen Blick. Jahrhunderte entfernt.

Hervé Joncour schlenderte durch das Dorf, sog die frische Nachtluft ein und verlor sich in den Gassen, die hangaufwärts führten. Als er zu seinem Haus kam, sah er hinter der Papierwand eine brennende Laterne schaukeln. Er trat ein und traf auf zwei Frauen, die vor ihm standen. Ein junges asiatisches Mädchen, das einen schlichten weißen Kimono trug. Und sie. In ihren Augen lag eine fiebrige Freude. Sie ließ ihm keine Zeit zum Handeln. Sie kam näher, nahm seine Hand, führte sie an ihr Gesicht, berührte sie mit den Lippen und legte sie dann mit energischem Griff auf die Hände des Mädchens neben ihr, wo sie sie für einen Moment festhielt, damit sie nicht fortgleiten konnte. Schließlich zog sie ihre Hand weg, trat zwei Schritte zurück, nahm die Laterne, sah Hervé Joncour kurz in die Augen und lief davon. Die Laterne war dunkelorange. Sie verschwand in der Nacht, ein kleines Licht auf der Flucht.

~~~~~~~~~~~~~ 35 ~~~~~~~~~~~~~

Hervé Joncour hatte dieses Mädchen nie zuvor gesehen, und er sah es auch in dieser Nacht niemals wirklich. In dem Zimmer ohne Licht spürte er die Schönheit ihres Körpers und lernte ihre Hände und ihren Mund kennen. Er liebte sie Stunde um Stunde, mit Gesten, die er nie vollführt hatte, und er ließ sich in einer Langsamkeit unterweisen, die ihm unbekannt war. In der Dunkelheit war es ein leichtes, diese zu lieben – und nicht sie.

Kurz vor Sonnenaufgang stand das Mädchen auf, zog den weißen Kimono an und ging fort.

36

Am Morgen traf Hervé Joncour vor seinem Haus auf einen von Hara Keis Männern, der auf ihn wartete. Er hatte fünfzehn Maulbeerrinden bei sich, die vollkommen mit Eiern bedeckt waren: winzigklein und mattweiß. Hervé Joncour untersuchte jedes Teil sorgfältig, verhandelte über den Preis und bezahlte mit Goldstücken. Bevor der Mann ging, gab Hervé Joncour ihm zu verstehen, daß er Hara Kei sprechen wollte. Der Mann schüttelte den Kopf. Hervé Joncour entnahm seinen Gebärden, daß Hara Kei an diesem Morgen in aller Frühe mit seinem Gefolge abgereist war und daß niemand wußte, wann er wiederkam.

Hervé Joncour eilte im Laufschritt durch das Dorf zu Hara Keis Anwesen. Er traf nur einige Diener an, die ihm jede Frage mit einem Kopfschütteln beantworteten. Das Haus war wie ausgestorben. Und soviel er sich auch umschaute und in den belanglosesten Dingen stöberte, entdeckte er doch nichts, was auf eine Nachricht für ihn hindeutete. Er verließ das Haus, und auf dem Weg zurück ins Dorf kam er an der riesigen Voliere vorbei. Die Türen waren wieder verschlossen. Drinnen flogen Hunderte Vögel vor dem Himmel geschützt umher.

37

Hervé Joncour wartete noch zwei Tage auf irgendein Zeichen. Dann reiste er ab.

Es geschah, daß er nicht mehr als eine halbe Stunde vom Dorf entfernt an einem Wald vorbeikam, aus dem ein sonderbares silberhelles Lärmen drang. Im Blattwerk versteckt, waren die tausend dunklen Sprenkel eines Vogelschwarms zu erkennen, der sich friedlich ausruhte. Ohne den beiden Männern, die ihn begleiteten, eine Erklärung zu geben, zügelte Hervé Joncour sein Pferd, zog den Revolver aus dem Gürtel und feuerte sechs Schüsse in die Luft. Der Schwarm stieg, wie eine Rauchwolke, die von einem Brand ausgeht, erschreckt zum Himmel auf. Sie war so groß, daß man sie noch viele Tagesmärsche entfernt hätte sehen können. Dunkel am Himmel, ohne ein anderes Ziel als das eigene Entschwinden.

38

Sechs Tage später ging Hervé Joncour in Takaoka an Bord eines Schiffes holländischer Schmuggler, das ihn nach Sabirk brachte. Von dort aus folgte er der chinesischen Grenze zurück bis zum Baikalsee, durchquerte viertausend Kilometer sibirisches Festland, passierte den Ural, gelangte nach Kiew und fuhr mit dem Zug von Ost nach West quer durch Europa, bis er nach dreimonatiger Reise in Frankreich ankam. Am ersten Sonntag im April – gerade rechtzeitig zum Hochamt – erreichte er die Tore von Lavilledieu. Er ließ die Kutsche halten und blieb ein paar Minuten reglos hinter den zugezogenen Vorhängen sitzen. Dann stieg er aus und ging, Schritt für Schritt, mit einer grenzenlosen Müdigkeit, zu Fuß weiter.

Baldabiou fragte ihn, ob er den Krieg gesehen habe.

»Nicht den, den ich erwartete«, gab er zur Antwort.

In der Nacht stieg er zu Hélène ins Bett und liebte sie so ungestüm, daß sie erschrak und ihre

Tränen nicht zurückhalten konnte. Als er es bemerkte, zwang sie sich zu einem Lächeln.

»Es ist nur, weil ich so glücklich bin«, sagte sie leise.

39

Hervé Joncour lieferte die Eier bei den Seidenraupenzüchtern von Lavilledieu ab. Dann tauchte er tagelang nicht mehr im Städtchen auf und versäumte sogar den alltäglichen Gang zu Verdun. Anfang Mai kaufte er zum allgemeinen Erstaunen das verlassene Haus von Jean Berbeck, des Mannes, der eines Tages zu reden aufgehört hatte und bis zu seinem Tod nicht mehr sprach. Alle glaubten, er wolle dort sein neues Laboratorium einrichten. Doch er machte nicht einmal Anstalten, das Haus zu entrümpeln. Er besuchte es von Zeit zu Zeit und hielt sich allein in diesen Räumen auf, niemand wußte, zu welchem Zweck. Eines Tages nahm er Baldabiou dorthin mit.

»Weißt du vielleicht, warum Jean Berbeck zu reden aufgehört hat?« fragte er ihn.

»Das ist eines der vielen Dinge, über die er nie gesprochen hat.«

Jahre waren verflossen, aber an den Wänden hingen noch Bilder, und auf dem Badetuch neben dem Waschbecken standen noch Töpfe. Es war nicht gerade amüsant, und Baldabiou für sein Teil wäre gern wieder gegangen. Doch Hervé Joncour starrte nach wie vor fasziniert auf diese schimmeligen toten Wände. Kein Zweifel: Er suchte etwas in ihnen.

»Vielleicht ist es ja so, daß einen das Leben manchmal derart herumwirbelt, daß es wirklich nichts mehr zu sagen gibt.«

Sagte er.

»Nichts mehr, für immer und ewig.«

Für ernste Reden war Baldabiou nicht besonders geeignet. Er starrte auf Jean Berbecks Bett.

»Vielleicht würde in einem so gräßlichen Haus jeder die Sprache verlieren.«

Hervé Joncour führte noch tagelang ein zurückgezogenes Leben, ließ sich selten im Städtchen blicken und verbrachte seine Zeit damit, an den Entwürfen für den Park zu arbeiten, den er früher oder später anlegen würde. Er füllte Seite um Seite mit merkwürdigen Zeichnungen. Sie sahen wie Maschinen aus.

Eines Abends fragte ihn Hélène: »Was ist das?«

»Das ist eine Voliere.«

»Eine Voliere?«

»Ja.«

»Und wozu ist sie gut?«

Hervé Joncour starrte unverwandt auf die Zeichnungen.

»Man setzt Vögel hinein, soviel wie irgend möglich, und wenn man eines Tages etwas Schönes erlebt, öffnet man die Türen und sieht zu, wie sie fortfliegen.«

40

Ende Juli fuhr Hervé Joncour mit seiner Frau nach Nizza. Sie wohnten in einer kleinen Villa direkt am Meer. So hatte es Hélène gewollt, die davon überzeugt war, daß die Ruhe eines abgelegenen Quartiers die Melancholie zerstreuen konnte, die offenbar von ihrem Ehemann Besitz ergriffen hatte. Sie war nichtsdestotrotz so klug gewesen, sie als eine ihm eigene Laune hinzunehmen, und machte dem Mann, den sie liebte, die Freude, sie ihm zu verzeihen.

Gemeinsam verbrachten sie drei Wochen eines kleinen unantastbaren Glücks. An den Tagen, da die Hitze nicht so glühend war, mieteten sie sich eine Kutsche und gingen zum Zeitvertreib auf Entdeckungsfahrt durch die im Hügelland versteckten Dörfer, von wo aus das Meer wie eine Kulisse aus Buntpapier wirkte. Bisweilen kamen sie zu einem Konzert oder einem anderen gesellschaftlichen Ereignis in die Stadt. Eines Abends nahmen sie die Einladung eines italienischen Barons an, der seinen sechzigsten Geburtstag mit einem festlichen Diner im Hôtel Suisse beging. Sie waren beim Dessert, als es geschah, daß Hervé Joncour zu Hélène aufschaute. Sie saß an der gegenüberliegenden Seite des Tisches neben einem verführerischen englischen Gentleman, der kurioserweise einen kleinen Kranz blauer Blumen am Revers seines Cutaways stecken hatte. Hervé Joncour sah, wie er sich zu Hélène beugte und ihr etwas ins Ohr flüsterte. Hélène begann wunderschön zu lachen, und beim Lachen neigte sie sich leicht zu dem englischen Gentleman hinüber, so daß ihr Haar in einer Bewegung, die keinerlei Verlegenheit, sondern nur eine verwirrende Präzision verriet, seine Schulter streifte. Hervé Joncour schaute auf seinen Teller hinunter.

Er mußte wohl oder übel feststellen, daß seine Hand, die einen kleinen Silberlöffel umklammerte, unzweifelhaft zitterte.

Später im Rauchsalon ging Hervé Joncour, schwankend, weil er zuviel Alkohol getrunken hatte, auf einen Mann zu, der allein an einem Tisch saß und mit einer unbestimmt stumpfsinnigen Miene vor sich hin starrte. Er beugte sich zu ihm und sagte langsam: »Ich muß Ihnen etwas sehr Wichtiges mitteilen, Monsieur. Wir sind alle ekelerregend. Wir sind allesamt wundervoll, und wir sind alle ekelerregend.«

Der Mann kam aus Dresden. Er handelte mit Kalbfleisch und verstand nicht viel Französisch. Er brach in schallendes Gelächter aus, wobei er immer wieder mit dem Kopf nickte. Es hatte den Anschein, als hörte er überhaupt nicht mehr auf.

Hervé Joncour und seine Frau blieben bis Anfang September an der Riviera. Sie verließen die kleine Villa mit Bedauern, denn in diesen Räumen hatten sie hauchzart das Glück, sich zu lieben, gespürt.

41

Baldabiou kam morgens in aller Frühe in Hervé Joncours Haus. Sie setzten sich in den Laubengang.

»Für einen Park ist das ja nicht gerade toll.«

»Ich habe noch gar nicht angefangen, ihn anzulegen, Baldabiou.«

»Ach so, deshalb.«

Baldabiou rauchte sonst nie am frühen Morgen. Er zog seine Pfeife hervor, stopfte sie und zündete sie an.

»Ich habe diesen Pasteur kennengelernt. Ein patenter Kerl. Er hat mir allerhand gezeigt. Er ist imstande, die kranken Eier von den gesunden zu unterscheiden. Natürlich kann er sie nicht heilen. Aber er kann die gesunden isolieren. Und er sagt, daß dies wahrscheinlich etwa dreißig Prozent der Eier sind, die wir produzieren.«

Pause.

»Es heißt, daß der Krieg in Japan nun wirklich ausgebrochen ist. Die Engländer liefern der Regierung Waffen, und die Holländer den Aufständischen. Es sieht so aus, als seien sie sich einig. Sie lassen sie sich gründlich austoben, und dann nehmen sie alles und teilen es unter sich auf. Das französische Konsulat schaut die ganze Zeit zu, die schauen immer zu. Nur dazu gut, Depeschen zu schicken, die von Massakern berichten und von Ausländern, die wie Schafe abgeschlachtet wurden.«

Pause.

»Ist noch Kaffee da?«

Hervé Joncour goß ihm Kaffee ein.

Pause.

»Diese beiden Italiener, Ferreri und der andere, die letztes Jahr nach China gegangen sind... Sie sind mit fünfzehntausend Unzen Eier zurückgekommen, gute Ware, die von Bollet haben sie auch gekauft, sie sagen, es war erstklassiges Zeug. In einem Monat fahren sie wieder los... Sie haben uns ein gutes Geschäft versprochen, sie machen ehrliche Preise, elf Franc die Unze, alles mit Garantie. Das sind anständige Leute, sie haben eine Organisation hinter sich, sie verkaufen Eier in halb Europa. Anständige Leute, sage ich dir.«

Pause.

»Ich weiß auch nicht. Aber vielleicht könnten wir es schaffen. Mit unseren Eiern, mit der Arbeit von Pasteur und dann noch mit dem, was wir von den beiden Italienern kaufen können... Wir könnten es schaffen. Die anderen im Städtchen meinen, es sei verrückt, dich noch einmal dort hinzuschicken... bei all dem, was das kostet... Sie meinen, es sei zu riskant, und damit haben sie auch recht, die anderen Male war das etwas anderes, aber jetzt... jetzt ist es schwierig, lebend von dort zurückzukommen.«

Pause.

»Tatsache ist, daß sie die Eier nicht verlieren wollen. Und ich will dich nicht verlieren.«

Hervé Joncour schaute eine Weile auf den Park, den es nicht gab. Dann tat er etwas, was er noch nie getan hatte.

»Ich fahre nach Japan, Baldabiou.«

Sagte er.

»Ich werde diese Eier kaufen, und wenn nötig, werde ich es mit meinem eigenen Geld tun. Du mußt nur entscheiden, ob ich sie an euch verkaufen soll oder an jemand anders.«

Das hatte Baldabiou nicht erwartet. Es war, als sähe man den Krüppel gewinnen, mit dem letzten Stoß, vier Banden, eine unmögliche Konstellation.

~~~~~~~~~~~~~ 42 ~~~~~~~~~~~~~

Baldabiou erzählte den Züchtern von Lavilledieu, daß Pasteur unglaubwürdig sei, daß diese beiden Italiener schon halb Europa übers Ohr gehauen hätten, daß der Krieg in Japan noch vor Winterbeginn zu Ende sein werde und daß die heilige Agnes ihn im Traum gefragt habe, ob sie nicht alle zusammen eine Horde Hosenscheißer seien. Nur Hélène konnte er nicht belügen.

»Ist es wirklich nötig, daß er fährt, Baldabiou?«

»Nein.«

»Warum dann also?«

»Ich kann ihn nicht aufhalten. Und wenn er dahin will, so kann ich ihm nur einen Grund mehr bieten, wieder zurückzukommen.«

Alle Züchter von Lavilledieu bezahlten, wenn auch widerwillig, ihren Anteil zur Finanzierung der Expedition. Hervé Joncour begann mit den Vorbereitungen, und Anfang Oktober war er reisefertig. Wie in all den anderen Jahren ging Hélène ihm zur Hand, ohne auch nur eine Frage zu stellen, und verhehlte ihm jegliche Besorgnis. Erst am letzten Abend, nachdem sie das Licht gelöscht hatte, fand sie die Kraft, zu sagen: »Versprich mir, daß du wiederkommst.«

Mit fester Stimme, ohne Sanftmut.

»Versprich mir, daß du wiederkommst.«

Im Dunkeln antwortete Hervé Joncour: »Ich verspreche es dir.«

43

Am 10. Oktober 1864 brach Hervé Joncour zu seiner vierten Japanreise auf. Er passierte die französische Grenze bei Metz, durchquerte Württemberg und Bayern, reiste nach Österreich ein, erreichte mit dem Zug Wien und Budapest, um dann bis Kiew weiterzufahren. Er legte zu Pferd zweitausend Kilometer russische Steppe zurück, überquerte den Ural, gelangte nach Sibirien und fuhr vierzig Tage bis zum Baikalsee, der von den Einheimischen »der Heilige« genannt wurde. Er folgte dem Lauf des Amur an der chinesischen Grenze entlang flußabwärts bis zum Ozean, und als er den Ozean erreicht hatte, blieb er acht Tage im Hafen von Sabirk, bevor ihn ein Schiff holländischer Schmuggler nach Kap Teraya an die Westküste Japans brachte. Zu Pferd zog er auf Nebenstraßen durch die Provinzen Ishikawa, Toyama und Niigata und kam in die Provinz Fukushima. Als er Shirakawa erreichte, fand er die Stadt halb zerstört, und eine Garnison von Regierungssoldaten lagerte in den Ruinen. Er umging die Stadt in östlicher Richtung und wartete fünf Tage vergeblich auf den Abgesandten von Hara Kei. In den frühen Morgenstunden des sechsten Tages brach er in nördlicher Richtung zu den Bergen auf. Er hatte nur wenige und ungenaue Karten sowie das, was ihm im Gedächtnis geblieben war. Tagelang irrte er umher, bis er schließlich einen Fluß erkannte, dann einen Wald und eine Straße. Am Ende der Straße fand er Hara Keis Dorf: vollkommen niedergebrannt. Häuser, Bäume, alles.

Da war nichts mehr.

Da war keine Menschenseele.

Hervé Joncour stand da und betrachtete diese riesige erloschene Feuerstelle. Er hatte einen achttausend Kilometer langen Weg hinter sich. Und vor sich das Nichts. Mit einem Mal sah er, was er für unsichtbar gehalten hatte.

Das Ende der Welt.

44

Hervé Joncour hielt sich noch stundenlang in den Trümmern des Dorfes auf. Er brachte es nicht fertig, fortzugehen, obgleich er wußte, daß jede Stunde, die er dort verlor, für ihn und ganz Lavilledieu katastrophale Folgen haben konnte. Er hatte keine Seidenraupeneier, und selbst wenn er sie gefunden hätte, wären ihm nur noch ein paar Monate geblieben, um durch die ganze Welt zu reisen, bevor sie unterwegs aufgingen und sich in einen Haufen nutzloser Larven verwandelten. Schon ein einziger Tag Verspätung konnte das Ende bedeuten. Er wußte das, und trotzdem brachte er es nicht fertig, fortzugehen. So blieb er, bis etwas Überraschendes und Absurdes geschah. Aus dem Nichts tauchte plötzlich ein kleiner Junge auf. Er war zerlumpt und kam langsam näher, wobei er den Fremden mit ängstlichen Augen musterte. Hervé Joncour rührte sich nicht. Der Junge machte noch ein paar Schritte vorwärts und blieb stehen. Sie sahen sich an, wenige Meter voneinander entfernt. Dann zog der Junge etwas aus seinen Lumpen hervor, ging vor Angst schlotternd zu Hervé Joncour und gab es ihm. Einen Handschuh. Hervé Joncour sah wieder das Ufer eines Sees vor sich, dazu ein orangefarbenes Kleid einsam auf dem Boden und die kleinen Wellen, die das Wasser des Sees ans Ufer trugen, als seien sie von weither dorthin entsandt. Er nahm den Handschuh und lächelte den Jungen an.

»Ich bin's, der Franzose... der Mann mit der Seide, der Franzose, verstehst du?... Ich bin's.«

Der Junge hörte auf zu zittern.

»Der Franzose...«

Seine Augen glänzten feucht, doch er lachte. Er begann schnell und fast schreiend zu reden und lief los, wobei er Hervé Joncour winkte, ihm zu folgen. Er verschwand auf einem Weg, der in den Wald hineinführte, in Richtung der Berge.

Hervé Joncour rührte sich nicht vom Fleck. Er drehte und wendete den Handschuh, als sei er das einzige, was ihm von einer entschwundenen Welt geblieben war. Er wußte, daß es nun zu spät war. Und daß er keine Wahl hatte.

Er stand auf, ging langsam zu seinem Pferd und stieg in den Sattel. Dann tat er etwas Sonderbares. Er drückte seine Fersen gegen den Bauch des Tieres. Und ritt los. Auf den Wald zu, dem Jungen nach, über das Ende der Welt hinaus.

45

Sie waren viele Tage unterwegs, in nördlicher Richtung den Bergen entgegen. Hervé Joncour wußte nicht, wohin es ging, doch er ließ sich von dem Jungen führen, ohne den Versuch zu unternehmen, ihn etwas zu fragen.

Sie kamen durch zwei Dörfer. Die Leute versteckten sich in den Häusern. Die Frauen liefen davon. Dem Jungen machte es einen irrsinnigen Spaß, ihnen unverständliche Dinge hinterherzurufen. Er war nicht älter als vierzehn Jahre. Er blies immerfort in eine kleine Rohrflöte, der er die Vogelstimmen der ganzen Welt entlockte. Er sah aus, als sei dies das Schönste, was er je in seinem Leben getan hatte.

Am fünften Tag erreichten sie den Gipfel eines Berges. Der Junge wies vor sich auf einen Punkt auf der Straße, die ins Tal hinunterführte. Hervé Joncour nahm das Fernglas zur Hand und sah eine Art Kolonne: bewaffnete Männer, dazu Frauen und Kinder, Pferdewagen, Tiere. Ein ganzes Dorf. Unterwegs. Zu Pferd und schwarz gekleidet war

Hara Kei zu sehen. Hinter ihm schaukelte eine Sänfte, die auf allen vier Seiten mit Tüchern in grellen Farben verhangen war.

~~~~~~~~~~~~ 46 ~~~~~~~~~~~~

Der Junge stieg vom Pferd, sagte etwas und lief davon. Bevor er zwischen den Bäumen verschwand, drehte er sich um und hielt einen Augenblick inne, um nach einer Geste zu suchen, mit der er sagen konnte, daß diese Reise wunderschön gewesen war.

»Es war eine wunderschöne Reise!« rief ihm Hervé Joncour zu.

Den ganzen Tag folgte Hervé Joncour der Karawane in einiger Entfernung. Als er sah, daß sie zur Nacht anhielt, ritt er weiter, bis ihm zwei bewaffnete Männer entgegenkamen, die sein Pferd und sein Gepäck nahmen und ihn in ein Zelt führten. Er wartete lange, dann kam Hara Kei. Er deutete keinerlei Gruß an. Er setzte sich nicht einmal.

»Wie sind Sie hergekommen, Franzose?«

Hervé Joncour antwortete nicht.

»Ich habe Sie gefragt, wer Sie hergebracht hat.«

Schweigen.

»Hier gibt es nichts für Sie. Hier gibt es nur Krieg. Und es ist nicht Ihr Krieg. Gehen Sie.«

Hervé Joncour zog einen kleinen Lederbeutel hervor, öffnete ihn und leerte ihn auf dem Boden aus. Goldstücke.

»Der Krieg ist ein teures Spiel. Sie brauchen mich. Ich brauche Sie.«

Hara Kei würdigte das auf den Boden gestreute Gold keines Blickes. Er drehte sich um und ging.

47

Hervé Joncour verbrachte die Nacht etwas abseits vom Lager. Niemand sprach mit ihm, niemand schien ihn zu sehen. Sie schliefen alle auf der Erde, neben den Feuern. Es gab nur zwei Zelte. Neben dem einen entdeckte Hervé Joncour die Sänfte, leer. An ihren vier Ecken schaukelten kleine Käfige. Vögel. In den Maschen der Käfige hingen goldene Glöckchen. Sie läuteten sanft im Nachtwind.

48

Als er erwachte, sah er das Dorf wieder zum Aufbruch rüsten. Die Zelte waren weg. Die Sänfte noch da. Offen. Die Leute stiegen schweigend auf die Wagen. Er stand auf und sah sich lange um, doch es waren nur asiatisch geschnittene Augen, die seinem Blick begegneten, und sie schauten sogleich zu Boden. Er sah bewaffnete Männer und Kinder, die nicht weinten. Er sah die stummen Gesichter, die Menschen haben, wenn sie Menschen auf der Flucht sind. Und er sah einen Baum, am Straßenrand. Und an einem Ast aufgeknüpft den Jungen, der ihn hergeführt hatte.

Hervé Joncour trat näher und starrte ihn eine Zeitlang wie gebannt an. Dann löste er den Strick vom Baum, nahm den Körper des Jungen ab, legte ihn auf den Boden und kniete neben ihm nieder. Er konnte seinen Blick nicht von diesem Gesicht wenden. So sah er nicht, wie sich das Dorf auf den Weg machte, sondern hörte nur wie aus weiter Ferne die Geräusche dieser Prozession, die dicht an ihm vorbei wieder auf der Straße entlangzog.

Er schaute nicht einmal auf, als er einen Schritt hinter sich die Stimme Hara Keis vernahm: »Japan ist ein altmodisches Land, wußten Sie das? Seine Gesetze sind altmodisch. Sie sagen, daß es zwölf Verbrechen gibt, für die ein Mensch zum Tode verurteilt werden kann. Und eines davon ist, einen Liebesbrief der eigenen Herrin zu überbringen.«

Hervé Joncour wandte keinen Blick von dem ermordeten Jungen.

»Er hatte keine Liebesbriefe bei sich.«

»Er *war* ein Liebesbrief.«

Hervé Joncour spürte, wie etwas gegen seinen Kopf gepreßt wurde und diesen zu Boden drückte.

»Das ist ein französisches Gewehr. Bitte schauen Sie nicht auf!«

Hervé Joncour begriff nicht gleich. Dann hörte er im Rauschen dieser Prozession auf der Flucht das goldene Läuten von tausend Glöckchen, das allmählich näher kam und auf der Straße Schritt für Schritt auf ihn zuwanderte, und obgleich er nur den dunklen Boden im Blick hatte, konnte er sie ahnen, diese Sänfte, wie sie gleich einem Pendel hin und her schwankte, und sie beinahe auch sehen, wie sie auf dem Weg entlangzog, Meter für Meter, und langsam aber unerbittlich näher kam, von jenem Läuten getragen, das immer lauter wurde, unerträglich laut, immer näher, so nahe, daß es ihn fast berührte, ein goldenes Getöse, unmittelbar vor ihm, jetzt, genau vor ihm – in diesem Augenblick – diese Frau – vor ihm.

Hervé Joncour hob den Kopf.

Wundervolle Tücher, Seide, rings um die Sänfte, unzählige Farben, Orange, Weiß, Ockergelb, Silbergrau, nicht ein Spalt in diesem wundervollen Nest, nur das Rauschen dieser Farben, die in der Luft wogten, undurchdringlich und leichter als das Nichts.

Hervé Joncour hörte keine Explosion, die sein Leben zerfetzte. Er gewahrte dieses Läuten, das sich entfernte, den Lauf des Gewehrs, der sich von ihm löste, und Hara Keis Stimme, die leise sagte: »Gehen Sie, Franzose. Und kommen Sie nie wieder.«

~~~~~~~~~~~~~ 49 ~~~~~~~~~~~~~

Nichts als Schweigen, die Straße entlang. Auf dem Boden der Körper eines Jungen. Ein kniender Mann. Bis zum letzten Tageslicht.

50

Hervé Joncour brauchte elf Tage, um nach Yokohama zu kommen. Er bestach einen japanischen Beamten und besorgte sich sechzehn Kartons Seidenraupeneier, die aus dem Süden der Insel stammten. Er umwickelte sie mit Seidentüchern und verschloß sie in vier runden, versiegelten Holzschachteln. Er bekam eine Überfahrt zum Kontinent und erreichte Anfang März die russische Küste. Er nahm die nördlichste Reiseroute, denn er hoffte auf Kälte, die die Entwicklung der Eier bremsen und den Zeitpunkt bis zu ihrer Öffnung hinausschieben konnte. Er reiste mit unfreiwilligen Unterbrechungen viertausend Kilometer durch Sibirien, überquerte den Ural und gelangte nach Sankt Petersburg. Er kaufte für teures Geld zentnerweise Eis und verfrachtete es samt den Eiern in den Laderaum eines Handelsschiffes mit Kurs auf Hamburg. Nach sechs Tagen kam er an. Er lud die vier runden Holzschachteln aus und stieg in einen Zug Richtung Süden. Nach elfstündiger Fahrt, kurz hinter einem Dorf namens Elberfeld, hielt der Zug, um seinen Wasservorrat aufzufrischen. Hervé Joncour schaute in die Runde. Eine stechende Sommersonne schien auf die Kornfelder und auf die ganze Welt. Ihm gegenüber saß ein russischer Kaufmann: Er hatte sich die Schuhe ausgezogen und fächelte sich mit der letzten Seite einer deutschsprachigen Zeitung Luft zu. Hervé Joncour nahm ihn genauer ins Visier. Er sah die Schweißflecken auf seinem Hemd und die Tropfen, die ihm von Stirn und Hals perlten. Der Russe sagte etwas und lachte. Hervé Joncour lächelte ihn an, stand auf, nahm sein Gepäck und verließ den Zug. Er ging bis zum letzten Waggon, einem Güterwagen, der Fisch und Fleisch auf Eis gelagert transportierte. Aus ihm sickerte Wasser wie aus einem von tausend Kugeln durchlöcherten Bassin. Er öffnete die Tür, stieg in den Waggon, nahm eine nach der anderen seiner runden Holzschachteln, trug sie ins Freie und stellte sie neben die Gleise auf die Erde. Dann schloß er die Tür wieder und wartete. Als der Zug zur Abfahrt bereit war, schrie man ihm zu, er möge sich beeilen und einsteigen. Er antwortete mit einem Kopfschütteln und winkte zum Abschied. Er sah, wie der Zug davonfuhr und ganz verschwand. Er wartete, bis auch sein Rattern nicht mehr zu hören war. Dann beugte er sich über eine der Holzschachteln, brach die Siegel auf und öffnete sie. Das gleiche tat er auch mit den drei anderen. Langsam und vorsichtig.

Millionen Larven. Tot.

Es war der 6. Mai 1865.

51

Hervé Joncour kam neun Tage später in Lavilledieu an. Seine Frau Hélène sah die Kutsche von weitem den baumbestandenen Weg zur Villa entlangfahren. Sie sagte sich, daß sie nicht weinen dürfe und daß sie nicht weglaufen dürfe.

Sie ging zur Haustür hinunter, öffnete sie und blieb auf der Schwelle stehen.

Als Hervé Joncour dicht vor ihr stand, lächelte sie. Er umarmte sie und sagte leise: »Bleib bei mir, ich bitte dich.«

Sie saßen noch bis spät in die Nacht hinein auf der Wiese vor ihrem Haus, einer neben dem anderen. Hélène erzählte von Lavilledieu, von all den Monaten des Wartens und von den letzten, schrecklichen Tagen.

»Du warst tot.«

Sagte sie.

»Und es gab nichts Schönes mehr, auf der Welt.«

52

Auf den Farmen von Lavilledieu musterten die Leute die dichtbelaubten Maulbeerbäume und sahen ihren eigenen Ruin. Baldabiou hatte noch ein paar Posten Eier ausfindig gemacht, doch die Larven starben, kaum daß sie das Licht der Welt erblickt hatten. Die Rohseide, die man von den wenigen überlebenden gewann, reichte gerade aus, um zwei der sieben Spinnereien des Städtchens zu beschäftigen.

»Hast du irgendcine Idee?« fragte Baldabiou.

»Eine«, antwortete Hervé Joncour.

Am folgenden Tag kündigte er an, daß er in diesen Sommermonaten den Park für seine Villa anlegen lassen wolle. Zu Dutzenden stellte er die Männer und Frauen des Städtchens ein. Sie holzten den Hügel ab und stutzten sein Profil, indem sie sein Gefälle zum Tal hin abschwächten. Mit Bäumen und Hecken gestalteten sie im Flachland sanfte, durchsichtige Labyrinthe. Mit vielerlei Blumen legten sie Ziergärten an, die sich inmitten kleiner Birkenwäldchen überraschend wie Lichtungen auftaten. Sie leiteten das Wasser des Flusses um und ließen es von Brunnen zu Brunnen bis zur Westgrenze des Parks hinabfließen, wo es sich in einem kleinen, von Wiesen umgebenen See sammelte. Im Süden errichteten sie zwischen Zitronen- und Olivenbäumen eine große Voliere aus Holz und Eisen. Sie sah aus wie eine in der Luft schwebende Stickerei.

Die Arbeiten dauerten vier Monate. Ende September war der Park fertig. Niemand in Lavilledieu hatte je etwas Ähnliches gesehen. Man sagte, Hervé Joncour habe sein ganzes Geld dafür ausgegeben. Man sagte auch, er sei verändert und vielleicht krank aus Japan zurückgekehrt. Man sagte, er habe die Eier an die Italiener verkauft und besitze nun ein Vermögen in Gold, das in den Banken von Paris auf ihn warte. Man sagte, wenn sein Park nicht gewesen wäre, wäre man in diesem Jahr Hungers gestorben. Man sagte, er sei ein Gauner. Man sagte, er sei ein Heiliger. Jemand sagte: Er hat so etwas Unglückliches an sich.

53

Alles, was Hervé Joncour von seiner Reise erzählte, war, daß die Eier in einem Dorf in der Nähe von Köln aufgegangen waren und daß das Dorf Elberfeld hieß.

Vier Monate und dreizehn Tage nach seiner Rückkehr setzte sich Baldabiou am Ufer des Sees an der Westgrenze des Parks vor ihn hin und sagte: »Früher oder später mußt du sie sowieso jemandem erzählen – die Wahrheit.«

Er sagte es leise und mit Mühe, denn er glaubte nicht, nie und nimmer, daß die Wahrheit für irgend etwas gut war.

Hervé Joncour schaute zum Park auf. Es war Herbst und ein unwirkliches Licht ringsumher.

»Als ich Hara Kei das erste Mal sah, trug er ein dunkles Gewand und saß mit gekreuzten Beinen reglos in einem Winkel des Raumes. Neben ihm lag, den Kopf in seinem Schoß, eine Frau. Ihre Augen waren nicht asiatisch geschnitten, und ihr Gesicht war das Gesicht eines sehr jungen Mädchens.«

Baldabiou hörte schweigend zu bis zum Schluß, bis zum Zug in Elberfeld.

Er dachte nichts.

Er hörte zu.

Es tat ihm weh zu hören, wie Hervé Joncour schließlich leise sagte: »Nicht einmal ihre Stimme habe ich je gehört.«

Und nach einer Weile: »Es ist ein sonderbarer Schmerz.«

Leise.

»Vor Sehnsucht nach etwas zu vergehen, das man nie erleben wird.«

Sie gingen zurück durch den Park, einer neben dem anderen. Das einzige, was Baldabiou sagte, war: »Warum zum Teufel ist es bloß so gottverdammt kalt?«

Er sagte es ohne jeden Übergang.

~~~~~~~~~~~~ 54 ~~~~~~~~~~~~

Zu Beginn des neuen Jahres – 1866 – gab Japan offiziell die Genehmigung für die Ausfuhr von Seidenraupeneiern.

Im folgenden Jahrzehnt sollte es allein Frankreich gelingen, japanische Eier im Wert von zehn Millionen Francs zu importieren.

Eine Reise nach Japan sollte mit der Eröffnung des Suezkanals ab 1869 übrigens nur noch zwanzig Tage in Anspruch nehmen. Und etwas weniger als zwanzig Tage die Rückkehr.

1884 sollte von einem Franzosen namens Chardonnet die Kunstseide zum Patent angemeldet werden.

55

Sechs Monate nach seiner Rückkehr nach Lavilledieu erhielt Hervé Joncour mit der Post einen senffarbenen Umschlag. Als er ihn öffnete, fand er sieben Seiten darin, die in einer geometrischen Schrift eng beschrieben waren. Schwarze Tinte. Japanische Schriftzeichen. Außer dem Namen und der Adresse auf dem Umschlag gab es kein einziges Wort in abendländischen Buchstaben. Den Poststempeln nach zu urteilen, kam der Brief offenbar aus Ostende.

Hervé Joncour blätterte die Seiten durch und betrachtete sie lange. Sie sahen aus wie ein mit akribischer Leidenschaft zusammengestellter Katalog von den Spuren kleiner Vögel. Es war erstaunlich, wenn man bedachte, daß dies jedoch Schriftzeichen waren und somit die Asche einer verbrannten Stimme.

56

Viele Tage trug Hervé Joncour den Brief zusammengefaltet in seiner Tasche mit sich herum. Wenn er die Kleider wechselte, steckte er ihn in die neuen. Er öffnete ihn nie, um einen Blick darauf zu werfen. Zuweilen drehte er ihn in den Händen herum, während er mit einem Halbpächter sprach oder auf der Veranda sitzend darauf wartete, daß es Zeit für das Abendessen wurde. Eines Abends hielt er ihn in seinem Arbeitszimmer gegen die Lampe und schaute ihn sich an. So gegen das Licht betrachtet, waren die Spuren der kleinen Vögel von einer verschwommenen Beredtsamkeit. Sie sagten etwas völlig Belangloses oder etwas, das ein Leben aus den Angeln heben konnte: Es war nicht zu erkennen, und das gefiel Hervé Joncour. Er hörte Hélène kommen. Und legte den Brief auf den Tisch. Sie kam näher und wollte ihm wie jeden Abend einen Kuß geben, bevor sie sich in ihr Zimmer zurückzog. Als sie sich zu ihm hinunterbeugte, öffnete sich ihr Nachthemd ein wenig über der Brust. Hervé Joncour sah, daß sie nichts darunter trug und daß ihre Brüste klein und makellos wie die eines sehr jungen Mädchens waren.

Vier Tage führte er sein normales Leben weiter, ohne etwas an den bedachtsamen Riten seines Tagesablaufs zu ändern. Am Morgen des fünften Tages zog er einen eleganten grauen Anzug an und fuhr nach Nîmes. Er sagte, er werde vor dem Abend zurück sein.

57

In der Rue Moscat Nummer zwölf war alles genauso wie drei Jahre zuvor. Das Fest war noch nicht vorbei. Die Mädchen waren alle jung und Französinnen. Der Pianist spielte gedämpfte Melodien, die an Rußland erinnerten. Vielleicht war es das Alter, vielleicht ein böser Schmerz: Er fuhr sich nicht mehr nach jedem Stück mit der rechten Hand durchs Haar und murmelte auch nicht mehr leise: »Voilà.«

Er blieb stumm und schaute verstört auf seine Hände.

58

Madame Blanche empfing ihn ohne ein Wort. Das Haar schwarz, glänzend, das Gesicht asiatisch, makellos. An den Fingern wie Ringe kleine blaue Blumen. Ein langes weißes Gewand, nahezu durchsichtig. Nackte Füße.

Hervé Joncour setzte sich ihr gegenüber. Er zog den Brief aus der Tasche.

»Erinnern Sie sich an mich?«

Madame Blanche antwortete mit einem kaum merklichen Kopfnicken.

»Ich brauche Sie noch einmal.«

Er gab ihr den Brief. Sie hatte keinerlei Veranlassung, es zu tun, doch sie nahm ihn und faltete ihn auseinander. Sie betrachtete eine nach der anderen die sieben Seiten, dann schaute sie wieder auf zu Hervé Joncour.

»Ich mag diese Sprache nicht, Monsieur. Ich will sie vergessen, und ich will dieses Land vergessen, mein Leben dort unten und überhaupt alles.«

Hervé Joncour rührte sich nicht, seine Hände umklammerten die Armlehnen des Sessels.

»Ich werde Ihnen diesen Brief vorlesen. Ich werde es tun. Und ich will kein Geld. Aber ich will ein Versprechen. Kommen Sie mit so einer Bitte nie wieder zu mir.«

»Ich verspreche es Ihnen, Madame.«

Sie sah ihm fest in die Augen. Dann senkte sie den Blick auf die erste Seite des Briefes. Reispapier. Schwarze Tinte.

»Mein geliebter Herr«,

las sie,

»hab keine Angst, beweg Dich nicht, schweig still, niemand wird uns sehen.«

59

Bleib so, ich will Dich anschauen, ich habe Dich so oft angeschaut, aber Du warst nicht für mich da, jetzt bist Du für mich da, komm nicht näher, ich bitte Dich, bleib, wie Du bist, wir haben eine ganze Nacht für uns, und ich will Dich anschauen, ich habe Dich nie so gesehen: Dein Körper für mich, Deine Haut, schließ die Augen und berühre Dich zärtlich, ich bitte Dich«,

las Madame Blanche, Hervé Joncour hörte zu, *»laß die Augen zu, wenn Du kannst, und streichle Dich. Deine Hände sind so schön, ich habe so oft von ihnen geträumt, jetzt will ich sie sehen; es gefällt mir, sie auf Deiner Haut zu sehen, einfach so, bitte mach weiter, laß die Augen zu, ich bin hier, niemand kann uns sehen, und ich bin dicht bei Dir, streichle Dich, mein geliebter Herr, streichle Dein Geschlecht, sanft, ich bitte Dich – «*

sie brach ab, bitte lesen Sie weiter, sagte er, *»sie ist schön, Deine Hand auf Deinem Geschlecht, hör nicht auf, es gefällt mir, sie anzuschauen und Dich anzuschauen, mein geliebter Herr, öffne die*

Augen nicht, noch nicht, Du brauchst keine Angst zu haben, ich bin dicht bei Dir, spürst Du mich?, ich bin hier, ich kann Dich berühren, das ist Seide, spürst Du sie?, es ist die Seide meines Kleides, laß die Augen zu, und Du wirst meine Haut bekommen«,

sagte sie, sie las langsam, mit der Stimme einer Kindfrau,

»Du wirst meine Lippen bekommen. Wenn ich Dich das erste Mal berühre, werde ich es mit meinen Lippen tun, Du wirst nicht wissen, wo. Plötzlich wirst du die Wärme meiner Lippen auf Dir spüren, Du kannst nicht wissen, wo, wenn Du die Augen nicht öffnest, öffne sie nicht. Du wirst plötzlich meinen Mund spüren, Du weißt nicht, wo«,

er hörte reglos zu, aus der Brusttasche des grauen Anzugs quoll ein blütenweißes Taschentuch,

»vielleicht in Deinen Augen, ich werde meinen Mund auf Deine Lider und Wimpern legen, Du wirst spüren, wie meine Wärme in Deinen Kopf dringt, und meine Lippen in Deine Augen, in sie hinein; oder vielleicht auf Deinem Geschlecht, ich werde meine Lippen darauflegen, und ich werde sie öffnen, während ich langsam tiefer gleite«,

las sie, ihr Kopf war über die Seiten gebeugt,

und sie strich sich mit einer Hand langsam über den Hals,
»ich werde es geschehen lassen, daß Dein Geschlecht meinen Mund sanft verschließt, während es zwischen meine Lippen und gegen meine Zunge drängt, mein Speichel wird auf Deiner Haut entlang bis in Deine Hand rinnen, mein Kuß und Deine Hand, eines im andern, auf deinem Geschlecht«,

er hörte zu, den Blick starr auf ein silbernes Sims gerichtet, das leer an der Wand hing,
»bis ich schließlich Dein Herz küssen werde, weil ich Dich will, ich werde in die Haut beißen, die über Deinem Herzen schlägt, weil ich Dich will, und mit Deinem Herzen zwischen meinen Lippen wirst Du wirklich mir gehören, mit meinem Mund an Deinem Herzen wirst Du mir gehören, für immer. Wenn Du mir nicht glaubst, öffne die Augen, mein geliebter Herr, und schau mich an, ich bin es, wer könnte diesen Augenblick, der geschieht, jemals auslöschen, und meinen Körper, nun ohne Seide, Deine Hände, die ihn berühren, Deine Augen, die ihn betrachten«,

las sie und hatte sich zur Lampe hinübergebeugt, das Licht schlug auf die Seiten und drang durch ihr durchsichtiges Gewand,
»Deine Hände in meinem Geschlecht, Deine

Zunge auf meinen Lippen, Du, wie Du unter mich gleitest, Du packst meine Hüften, hebst mich hoch, läßt mich auf Dein Geschlecht gleiten, langsam, wer könnte das auslöschen; Du in mir mit sanften Bewegungen, Deine Hände auf meinem Gesicht, Deine Finger in meinem Mund, die Lust in Deinen Augen, Deine Stimme; Du bewegst Dich sanft, doch bis es schmerzt; meine Lust, meine Stimme«,

er hörte zu, drehte sich plötzlich um, sah sie an und wollte die Augen niederschlagen, doch es gelang ihm nicht,

»mein Körper auf Deinem, Dein Rücken, der mich hochdrückt, Deine Arme, die mich nicht fortlassen, die Stöße in meinen Leib, eine sanfte Gewalt. Ich sehe Deine Augen, die in meinen forschen; sie wollen wissen, wie lange es schmerzen darf; solange Du willst, mein geliebter Herr, es gibt kein Ende, es wird nicht enden, siehst Du das?, niemand wird diesen Augenblick, der geschieht, auslöschen können, für immer wirst Du Deinen Kopf zurückwerfen und schreien, für immer werde ich die Augen schließen und die Tränen von meinen Wimpern trennen, meine Stimme in Deiner; Deine Gewalt, die mich festhält, es bleibt keine Zeit, um zu fliehen und keine Kraft, um zu widerstehen, dieser Augenblick mußte kommen, und dieser Augenblick ist da, glaub mir, mein geliebter Herr, dieser

Augenblick wird da sein, er wird von jetzt an da sein, bis zum Ende«,

las sie mit leiser Stimme, dann hielt sie inne.

Mehr Schriftzeichen waren nicht auf dem Blatt, das sie in der Hand hielt – dem letzten. Doch als sie es umdrehte, um es wegzulegen, entdeckte sie auf der Rückseite noch ein paar Zeilen, fein säuberlich, schwarze Tinte mitten auf dem weißen Papier. Sie hob den Blick zu Hervé Joncour. Seine Augen ruhten auf ihr, und sie sah, daß sie wunderschön waren. Sie schaute wieder auf das Blatt hinunter.

»Wir werden uns nicht wiedersehen, Monsieur.«

Las sie.

»Was für uns möglich war, haben wir getan, und das wissen Sie. Glauben Sie mir, wir haben es für immer getan. Halten Sie Ihr Leben fern von mir. Und zögern Sie, wenn es Ihrem Glück dient, nicht einen Augenblick, die Frau zu vergessen, die Ihnen jetzt klaglos Lebewohl sagt.«

Sie verharrte noch einen Moment und schaute auf das Blatt, dann legte sie es zu den anderen neben sich auf ein Tischchen aus hellem Holz. Hervé Joncour rührte sich nicht. Er wandte nur den Kopf und schlug die Augen nieder. Er ertappte sich dabei, daß er gleichgültig die Hosenfalte auf seinem rechten Bein musterte, die sich schwach, doch akkurat von der Leistenbeuge bis zum Knie abzeichnete.

Madame Blanche stand auf, beugte sich über die Lampe und löschte sie. Im Raum blieb nur das spärliche Licht, das vom Salon durch das Fenster hinüberdrang. Sie ging zu Hervé Joncour, zog einen Ring mit kleinen blauen Blumen von ihrem Finger und legte ihn neben ihn. Dann durchquerte sie den Raum, öffnete ein bemaltes Türchen, das in der Wand versteckt war, und verschwand dahinter, ohne es ganz zu schließen.

Hervé Joncour blieb lange in diesem sonderbaren Licht sitzen und drehte einen Ring mit kleinen blauen Blumen zwischen den Fingern hin und her. Aus dem Salon klangen die Töne eines müden Klaviers. Sie lösten das Zeitmaß auf, das fast nicht mehr zu erkennen war.

Schließlich stand er auf, ging zu dem kleinen Tisch aus hellem Holz und nahm die sieben Seiten Reispapier an sich. Er durchquerte den Raum, ging, ohne sich umzudrehen, an dem halboffenen Türchen vorbei und verließ das Haus.

60

Hervé Joncour entschied sich in den folgenden Jahren für das überschaubare Leben eines Mannes, der keine Bedürfnisse mehr hat. Er verbrachte seine Tage im Schutz maßvoller Gemütsbewegungen. Die Leute von Lavilledieu bewunderten ihn nun wieder, denn sie glaubten, in ihm eine *korrekte* Daseinsform für diese Welt zu erkennen. Es hieß, er sei schon in seiner Jugend so gewesen, vor Japan.

Mit seiner Frau Hélène unternahm er nun jedes Jahr regelmäßig eine kleine Reise. Sie besuchten Neapel, Rom, Madrid, München und London. Einmal verschlug es sie nach Prag, wo alles wie Theater war. Sie reisten ohne Termine und ohne Pläne. Alles setzte sie in Erstaunen, auch ihr Glück, im Vertrauen gesagt. Sobald sie sich nach Ruhe sehnten, kehrten sie nach Lavilledieu zurück.

Wenn man ihn danach gefragt hätte, hätte Hervé Joncour geantwortet, daß sie immer so weiter leben würden. Er hatte den unantastbaren Frieden eines Menschen in sich, der sich am rechten Platz fühlt. Bisweilen, an windigen Tagen, ging er durch den Park zum See hinunter und stand stundenlang am Ufer, um auf das Wasser zu schauen, das sich kräuselte und unberechenbare Gebilde formte, die wahllos in alle Richtungen glitzerten. Es war nur ein Wind. Doch auf dieser Wasserfläche schienen tausend zu wehen. Von allen Seiten. Ein grandioses Schauspiel. Schwerelos und unerklärlich.

Bisweilen, an windigen Tagen, ging Hervé Joncour zum See hinunter und schaute stundenlang hinaus, denn es schien ihm, als zeichne sich auf dem Wasser das unerklärliche, schwerelose Schauspiel dessen ab, was sein Leben gewesen war.

61

Am 16. Juni 1871 kurz vor Mittag spielte der Krüppel im Hinterzimmer von Verduns Café einen unfaßbaren Rückläufer, über vier Banden. Baldabiou blieb ungläubig über den Tisch gebeugt, mit einer Hand auf dem Rücken, während die andere das Queue umklammerte.

»Na, so was.« Er richtete sich auf, stellte das Queue weg und ging grußlos hinaus. Drei Tage später reiste er ab. Er schenkte Hervé Joncour seine beiden Spinnereien.

»Ich will von Seide nichts mehr wissen, Baldabiou.«

»Verkauf sie, du Idiot.«

Niemand konnte aus ihm herausbringen, wo zum Teufel er hinwollte. Und was er dort vorhatte. Er sagte nur irgend etwas von der heiligen Agnes, was kein Mensch richtig verstand.

An dem Morgen, als er abfuhr, begleitete ihn Hervé Joncour zusammen mit Hélène zum Bahnhof von Avignon. Er hatte nur einen Koffer bei sich, und auch das war ziemlich unerklärlich. Als er den Zug auf dem Gleis stehen sah, stellte er den Koffer auf den Boden.

»Ich kannte einmal einen Mann, der eine Eisenbahnlinie ganz für sich allein bauen ließ.« Sagte er. »Und das Beste daran ist, daß er sie schnurgerade anlegen ließ, Hunderte von Kilometern ohne eine Kurve. Es gab auch ein Warum, aber daran kann ich mich nicht mehr erinnern. An das Warum erinnert man sich nie. Wie auch immer – lebt wohl.«

Für ernste Reden war er nicht besonders geeignet. Und ein Lebewohl ist eine ernste Rede.

Sie sahen ihn fortgehen, ihn und seinen Koffer, für immer.

Da tat Hélène etwas Sonderbares. Sie löste sich von Hervé Joncour und lief ihm nach, bis sie ihn erreicht hatte, dann umarmte sie ihn fest, und als sie ihn umarmte, brach sie in Tränen aus.

Sie weinte sonst nie, Hélène.

Hervé Joncour verkaufte die beiden Spinnereien zu einem Spottpreis an Michel Lariot, einen rechtschaffenen Mann, der zwanzig Jahre jeden Samstagabend mit Baldabiou Domino gespielt hatte, wobei er mit unerschütterlicher Konsequenz immer wieder verloren hatte. Er hatte drei Töchter. Die beiden ersten hießen Florence und Sylvie. Doch die dritte – Agnes.

62

Drei Jahre später, im Winter 1874, erkrankte Hélène an einem Gehirnfieber, das kein Arzt erklären, geschweige denn heilen konnte. Sie starb Anfang März, an einem Regentag.

Ganz Lavilledieu kam, um ihr auf der Friedhofsallee in aller Stille das letzte Geleit zu geben, denn sie war eine heitere Frau gewesen, die kein Leid verursacht hatte.

Hervé Joncour ließ nur ein einziges Wort auf ihr Grabmal meißeln.

»*Ach!*«

Er bedankte sich bei allen, sagte unzählige Male, daß er nichts brauchte, und kehrte in sein Haus zurück. Nie war es ihm so groß erschienen, und sein Schicksal nie so absurd.

Da Verzweiflung ein Übermaß war, das nicht zu ihm paßte, beugte er sich über das, was von seinem Leben übriggeblieben war, und kümmerte sich mit der unerschütterlichen Beharrlichkeit eines Gärtners darum, der am Morgen nach dem Sturm seine Arbeit wiederaufnimmt.

63

Zwei Monate und elf Tage nach Hélènes Tod geschah es, daß Hervé Joncour zum Friedhof ging und neben den Rosen, die er allwöchentlich auf das Grab seiner Frau legte, einen kleinen Kranz aus winzigen blauen Blumen fand. Er bückte sich, um ihn anzusehen, und verharrte lange in dieser Haltung, die in den Augen möglicher Zuschauer von weitem eine ausgesprochen sonderbare, ja direkt lächerliche Wirkung nicht verfehlt hätte. Wieder zu Hause, ging er nicht hinaus, um im Park zu arbeiten, wie es seine Gewohnheit war, sondern blieb in seinem Arbeitszimmer, um nachzudenken. Er machte tagelang nichts anderes. Als nachdenken.

~~~~~~~~~~~~~ 64 ~~~~~~~~~~~~~

In der Rue Moscat Nummer zwölf fand er eine Schneiderwerkstatt. Man sagte ihm, Madame Blanche lebe schon seit Jahren nicht mehr dort. Er fand heraus, daß sie nach Paris gezogen war, wo sie die Geliebte eines sehr einflußreichen Mannes, vielleicht eines Politikers, geworden war.

Hervé Joncour fuhr nach Paris.

Er brauchte sechs Tage, bis er wußte, wo sie wohnte. Er schickte ihr einen kurzen Brief, in dem er sie bat, ihn zu empfangen. Sie antwortete ihm, daß sie ihn um vier Uhr des folgenden Tages erwarte. Pünktlich stieg er ins zweite Stockwerk eines eleganten Hauses am Boulevard des Capucines hinauf. Ein Dienstmädchen öffnete ihm. Es führte ihn in den Salon und bat ihn, Platz zu nehmen. Madame Blanche erschien in einem sehr eleganten und sehr französischen Kleid. Das Haar fiel ihr bis auf die Schultern, so wie es die Pariser Mode verlangte. An den Fingern trug sie keine Ringe mit blauen Blumen. Wortlos setzte sie sich Hervé Joncour gegenüber. Und wartete.

Er schaute ihr in die Augen. Doch so, wie es ein Kind hätte tun können.

»Nicht wahr, Sie haben diesen Brief geschrieben?«

Sagte er.

»Hélène hat Sie gebeten, ihn zu schreiben, und Sie haben es getan.«

Madame Blanche blieb reglos sitzen, ohne die Augen niederzuschlagen und ohne sich im geringsten erstaunt zu zeigen.

Dann sagte sie: »Nicht ich habe ihn geschrieben.«

Schweigen.

»Diesen Brief hat Hélène geschrieben.«

Schweigen.

»Sie hat ihn bereits geschrieben, als sie zu mir kam. Sie bat mich, ihn ins Japanische zu übertragen. Und ich tat es. Das ist die Wahrheit.«

Hervé Joncour begriff in diesem Moment, daß er diese Worte sein ganzes Leben hören würde. Er erhob sich, blieb aber stehen, als hätte er plötzlich vergessen, wohin er gehen wollte. Wie aus weiter Ferne drang die Stimme von Madame Blanche zu ihm.

»Sie wollte ihn mir auch vorlesen, diesen Brief. Sie hatte eine wunderschöne Stimme. Und sie las diese Worte mit soviel Gefühl, daß ich es nie vergessen konnte. Es schien, als wären es tatsächlich ihre gewesen.«

Hervé Joncour ging mit langsamen Schritten durch den Raum.

»Wissen Sie, Monsieur, ich glaube, sie wünschte sich mehr als alles auf der Welt, *jene Frau zu sein.* Sie können das nicht verstehen. Doch ich habe gehört, wie sie diesen Brief gelesen hat. Ich weiß, daß es so ist.«

Hervé Joncour hatte die Tür erreicht. Er legte seine Hand auf die Klinke. Ohne sich umzudrehen, sagte er leise: »Leben Sie wohl, Madame.«

Sie sahen sich nie wieder.

65

Hervé Joncour lebte noch dreiundzwanzig Jahre und den größten Teil davon in Frieden und bei guter Gesundheit. Er entfernte sich nie mehr aus Lavilledieu und verließ auch sein Haus nicht mehr. Er verwaltete sein Vermögen weise, und das schützte ihn für immer vor jeder Arbeit, die nichts mit der Pflege seines Parks zu tun hatte. Mit der Zeit gestattete er sich ein Vergnügen, das er sich bis dahin stets versagt hatte. Er erzählte den Menschen, die ihn besuchten, von seinen Reisen. Während sie ihm zuhörten, lernten die Leute aus Lavilledieu die Welt kennen, und die Kinder entdeckten, was Wunder sind. Er erzählte leise und sah Dinge in der Luft, die die anderen nicht wahrnahmen.

Sonntags ging er zum Hochamt ins Städtchen. Einmal im Jahr machte er die Runde durch die Spinnereien, um die frisch entstandene Seide zu befühlen. Wenn die Einsamkeit ihm das Herz schwermachte, ging er zum Friedhof, um mit Hélène zu sprechen. Den Rest seiner Zeit verwendete er auf eine Reihe von Gewohnheiten, die ihn erfolgreich davor bewahrten, unglücklich zu sein. Bisweilen, an windigen Tagen, ging er zum See hinunter und schaute stundenlang hinaus, denn es schien ihm, als zeichne sich auf dem Wasser das unerklärliche, schwerelose Schauspiel dessen ab, was sein Leben gewesen war.

PIPER

Alessandro Baricco

Land aus Glas

Roman. Aus dem Italienischen von Karin Krieger.
272 Seiten. Geb.

Irgendwann im 19. Jahrhundert, irgendwo in Europa, in dem Städtchen Quinnipak, das es eigentlich gar nicht gibt, spielt die Geschichte dieses Romans. Sie handelt von Jun, deren Lippen jeden, der sie ansieht, verrückt machen. Von ihrem Mann Mr. Rail, Direktor einer Glasfabrik, der davon träumt, eine schnurgerade, unendliche Eisenbahnlinie zu bauen. Von Pekisch, dem Erfinder und Komponisten des Ortes, der alle Töne in sich trägt und ein menschliches Musikinstrument entwickelt, das aus den Bewohnern von Quinnipak besteht. Zu diesen skurrilen Gestalten gesellt sich eines Tages noch Horace, ein genialer Architekt aus Paris, der ausgerechnet in Quinnipak einen Glaspalast von noch nie dagewesenen Ausmaßen errichten will. Doch nicht nur er muß schließlich erkennen, daß das Leben nicht nur aus Luftschlössern bestehen kann.
Ein Buch voll Poesie, Witz und Weisheit. Ein Buch über die Liebe und das Verlangen, über Zeit und Geschwindigkeit, über Musik und Gefühle, über Technik und Fortschritt, über Genies, Spinner und Erfinder.

PIPER

Dacia Maraini

Die stumme Herzogin

Roman. Aus dem Italienischen von Sabina Kienlechner. 342 Seiten. Halbleinen

Marianna Ucrìa, sizilianische Adelstochter im 18. Jahrhundert, ist stumm. Weil sie nur lesend und schreibend mit der Welt kommunizieren kann, verfügt sie über das, was anderen Frauen ihrer Zeit versagt ist: die Instrumente der Bildung. Damit gelingt es ihr, sich aus den Fesseln starrer Konventionen zu lösen ...
Auch wenn sich die Lebensgeschichte der stummen Herzogin als Metapher für den langen Weg der weiblichen Emanzipation lesen läßt, so ist sie vor allem eines: das satte, farbenprächtige Gemälde einer Epoche.

»Ein vollkommen geglückter Roman, der ein faszinierendes Frauenleben einer längst untergegangenen Epoche ausbreitet, vor allem aber eine überaus kundige und bewegende Liebeserklärung an das alte Sizilien ist.«
Die Presse

»Ein grandios epischer, phantasievoller Familienroman aus Sizilien.«
Petra

PIPER

Dacia Maraini

Liebe Flavia

Roman. Aus dem Italienischen von Viktoria von Schirach.
210 Seiten. Leinen

Dies ist die Liebesgeschichte zwischen dem jungen Violinisten Edoardo und der reifen Schriftstellerin Vera. Unüberhörbar sind dabei die Anklänge an Dacia Marainis eigene Erfahrungen.
Die fünfzigjährige Schriftstellerin Vera schreibt der Nichte ihres Geliebten Edoardo. Zunächst sind es fröhliche, unbeschwerte Briefe, in denen von Kobolden, von Ausflügen, von Konzerten die Rede ist. Doch als die Beziehung zwischen Vera und Edoardo, dem zwanzig Jahre jüngeren Violinisten, in die Brüche geht, werden die Briefe an die kleine Flavia zu Momenten der Selbstfindung, zu Reflexionen über das Wesen der Liebe, zur Heraufbeschwörung glücklicher Stunden.
Dacia Marainis persönlichstes Buch ist ein Zeugnis großer Sensibilität und Vitalität; schonungslos offen und ehrlich und doch voller Zärtlichkeit spricht hier eine reife Frau zu einem Kind über das, was sie bewegt: über Liebe und Musik, über das Altern und die Einsamkeit.

PIPER

Giorgio Bassani

Die Gärten der Finzi-Contini

Roman. Aus dem Italienischen von Herbert Schlüter.

358 Seiten. Halbleinen

»Mit den ›Gärten der Finzi-Contini‹ legte Bassani seinen ersten Roman vor... eine Meisterleistung. Er liest sich fast wie eine Chronik, die ›Mémoire‹ dreier Jahre im Leben eines jungen Mannes, der zur Jeunesse dorée einer Provinzstadt in Italien, Ferrara, rechnet und plötzlich, 1937, mit der Rassengesetzgebung des Spätfaschismus zum Paria wird. Mit der Präzision eines Archäologen hebt Bassani ein Stück Leben Schicht um Schicht ans Licht, und die ›Gärten der Finzi-Contini‹ werden unter der Hand eines ganz reellen, ganz klaren Erzählers pure Poesie. Was Bassani de facto erzählt, ist eine Liebesgeschichte, so verhalten, so wehmütig, daß sie sich in ein paar Sätzen nicht einmal andeuten läßt.«
Die Welt

PIPER

Antonio Skármeta

Mit brennender Geduld

Roman. Aus dem chilenischen Spanisch von Willi Zurbrüggen. 150 Seiten. Halbleinen.

Antonio Skármetas poetischer Roman, der gerade mit großem Erfolg zum zweiten Mal verfilmt wurde, ist eine zärtliche Hommage an Pablo Neruda. Er erzählt die Geschichte einer Freundschaft zwischen dem berühmten chilenischen Dichter und seinem Briefträger Mario: Mit Hilfe eines Gedichts, das der junge Mann seinem väterlichen Freund abringt, gewinnt er das Herz seiner Angebeteten.

»Skármetas Werk ist ein begeisternder Roman über Poesie, Politik und Leidenschaft.«
Neue Zürcher Zeitung

PIPER

Madeleine Bourdouxhe

Auf der Suche nach Marie

Roman. Aus dem Französischen von Monika Schlitzer.
186 Seiten. Geb.

Marie, die dreißigjährige junge Frau, ist glücklich mit Jean verheiratet. Das jedoch hindert sie nicht daran, während der gemeinsamen Ferien am Meer verstohlene Blicke mit einem schönen jungen Mann auszutauschen. Blicke, die ganz selbstverständlich in einer stürmischen erotischen Affäre münden werden.
Maries sexuelles Erwachen löst ein tiefes Glücksgefühl in ihr aus, das sie am liebsten ganz für sich genießt: allein durch Paris flanierend, im Café eine Zigarette rauchend, auf einem Jahrmarkt, in einem Zugabteil... Trotzdem bleibt die Wirklichkeit eine feste Größe für sie: Selbstverständlich folgt sie ihrem Ehemann, als der in die Provinz versetzt wird, und sie hilft ihrer unglücklichen Schwester Claude, als die sie braucht.
Ein aufregender Roman, der die körperliche Liebe und ihre beflügelnde Wirkung feiert: Marie ist niemals passiv oder indifferent, sie steht mitten im Leben und kostet es aus bis zum letzten Tropfen. Sie ist im wahrsten Sinne eine moderne Heldin.